CARROUSEL

Livre - VI

L'arme

Michel LAMPLE

ல Avril 2023 ல

Rév: V1.6.7 Avril 2023

ISBN: 978-2-9585610-7-9

Dépôt légal : Mai 2023

À Yanne,
pour son indéfectible soutien

Chapitre I

Ragazzo

Un grillon en enfer, ça n'est pas chose courante. Il y fait froid, il n'y a pas de saison, pas de jour qui se différencie de la nuit, pas plus de soleil pour percer un unique et monotone nuage, bas, sombre et complètement essuyé. Le sillage mortel des êtres maléfiques qui y résident, est à même de pétrifier sur place le plus petit des insectes, pour qui, le monde de l'au-delà manifeste une hostilité extrême. Alors autant dire que les enfers sont loin de crépiter de la musique de leurs semblables qui peuplent habituellement les champs lumineux de la Vie du *dessus* !

Un autre danger les guette : la Bête des enfers ! D'un pas lourd, elle rôde sur tout son territoire, couvrant jusqu'à l'infini, la moindre parcelle des tréfonds de l'enfer. Même un cloporte ne se risquerait pas à s'attarder sur sa route : un seul de ses hurlements, et voilà les ordres inférieurs de la créations terrassés sur place, leur corps démembré, leur carapace et leurs cuticules fracassées par son cri !

* * *

Ce jour-là, au sommet du promontoire rocheux campé en plein milieu de la triste géhenne, un petit grillon sautillait comme un beau diable. Il avait élu domicile sur ce caillou, et du lointain, il voyait maintenant arriver son amie, la Bête. Comme à son habitude, elle allait monter sur le plus haut des rochers pour y pousser son rugissement de Bête ; c'est ainsi qu'elle allait, une nouvelle fois, perpétuer la tradition des enfers, et affirmer son rang de gardienne toute-puissante de la terre des âmes damnées.

Même lui, le petit grillon qui la connaissait si bien, devait absolument déguerpir, se carapater et s'enterrer le plus vite possible au secret de la plus profonde des failles de ce granit ; s'y enfouir jusqu'au tréfonds, et même encore, repousser la terre derrière lui pour s'enterrer si loin qu'aucune des vibrations délétères du cri de la Bête ne risquerait d'arriver jusqu'à lui.

Une fois fait, et une fois qu'il s'estimât suffisamment en sécurité dans son trou, il sourit en sentant vibrer le pas lourd de sa Bête qui arrivait devant son tumulus de pierres. Il la devinait toute proche ; il la voyait grimper une à une les marches de son autel, sans doute dans sa plus terrible apparence, pour enfin parvenir à son sommet.

6

Effectivement, les pas cessèrent, le grillon frémit, se boucha les oreilles... et la Bête hurla comme jamais !

Quand tout fut terminé, quand un long silence revint enfin baigner le temps immobile des enfers, le petit grillon ne put s'empêcher d'éternuer pour se débarrasser de la pruine qui lui bouchait les stigmates. Tout son petit corps toussa et cracha la poussière. Il fallut encore se débattre entre les sables et les graviers chambardés dans la déflagration, pour remonter la longue faille, et enfin retrouver la lumière et l'air frais.

C'est là qu'il la vit devant lui.

Elle, et non pas l'immense Bête toute-puissante qui avait fait vibrer les enfers quelques minutes auparavant ; elle, qu'il voyait toute petite et recroquevillée sur elle-même. Il eut même un sourire quand il aperçut la main blanche de son amie : au bout d'un bras aux lignes si pures et à la peau de jeune femme,...

...jeune femme qui sanglotait.

* * *

Ça faisait des lustres qu'il ne l'avait plus vue ainsi, plus précisément depuis son dernier séjour dans le monde des vivants[1]. Depuis son retour, sa Bête ne s'était plus démarquée de son apparence de monstre terrifiant, griffu, la gueule énorme, à la queue puissante et aux larges écailles, noires comme la nuit... Et ça faisait aussi une éternité que le petit grillon assistait, impuissant, à l'éclosion des terribles orages de sa Bête, à ses transports d'une violence toujours inassouvie. Chaque

---

1. CARROUSEL – Livre V : *Sok Chea*

jour en enfer, sa Bête brandissait l'étendard déchiré de la plus sauvage, mais aussi la plus stérile, des colères.

Alors, en cette heure où il la découvrait de nouveau si faible et si fragile, il en avait aussi oublié combien sa Bête pouvait être jolie.

Son petit cœur de grillon se serra.

En quelques bonds, il sautilla sur le granit pour se poster à ses côtés. Elle avait le regard perdu vers le champ de ses ouailles, ces tas d'âmes maudites, ces réprouvés sous leur immonde manteau de bourbe, cette infinie jachère de boues humaines qu'elle parcourait avec dédain. Les yeux encore rouges, une grimace aux lèvres et le dégoût à la bouche, elle se voyait comme la pitoyable reine d'un minable parterre de gueuseries...

Si elle était bien la maîtresse éternelle des enfers, voilà que cette perpétuité l'écœurait au plus haut point.

Le petit grillon osa prononcer une toute petite stridulation d'approche amicale, recourbé comme un mendiant allongeant sa sébile... Mais sans crier gare, la Bête allongea sur lui sa poigne griffue en criant : « *Non ! Fiche-moi la paix !* »

Le choc fut terrible ! Le grillon fut projeté dans les airs comme la balle d'un fusil. Un pareil coup sur son petit corps... Il sentait déjà l'effet du choc dans ses pattes meurtries et sur ses ailes froissées. Emporté par un formidable élan, il fila loin dans les airs, s'éloignant du promontoire où il pouvait encore distinguer, rapetissant à vue d'œil, la Bête... qui lui tournait le dos.

Il finit par retomber sur une glaise aride qui acheva de lui meurtrir son petit corps d'insecte. Il se retrouvait bien loin de son rocher protecteur, exposé au froid, à de si terribles rencontres, mais surtout, à la solitude et à une infinie tristesse.

C'est là qu'il s'évanouit.

* * *

Sur la rive du Styx, du côté de la rédemption, le passeur avait quitté sa barque, chose exceptionnellement rare ici-bas. Celle-ci se trouvait donc abandonnée dans les hautes herbes, fichée dans la vase à quelques pas de son nautonier qui s'était avancé dans le marais pour se porter aux côtés du Diable.

Tous les deux avaient le regard —son absence pour le passeur— vers la rive opposé d'où, par-delà le brouillard de poix et les eaux glauques du fleuve des morts, parvenaient à leurs oreilles les hurlements les plus horribles que les brumes du Styx eussent jamais portés.

— Ben oui, j'entends bien qu'elle n'est pas bien, disait Satan.

Pour une fois, lui qui était si fier, avait délaissé son naturel pontifiant : le dos courbé sur son chapeau qu'il tenait encore comme en deuil, il arrondissait de larges sourcils tout en grimaçant dès que les sonores plaintes de sa Bête arrivaient à ses oreilles.

Sous sa capuche, le Charon lui aussi baissait doucement le regard vers les eaux noires. Satan éleva alors la voix, tout en moulinant l'air de ses mains :

— Et voilà ce que c'est : on fait du tourisme sur le *Carrousel*, on s'en va conter fleurette aux jolis garçons du-soleil-du-dessus, on fait du gringue, et évidemment, après ça, c'est dur de reprendre le boulot… Pfff, allez donc gérer convenablement votre petite entreprise avec ça !

Le passeur s'était tourné vers lui ; celui-là avait toujours des mouvements très lents, mais en l'occurrence, il avait *tout subito* manifesté son étonnement —sa désapprobation— devant les propos du patron. Satan dodelina :

— Ouais ouais, je sais bien… Ça n'est pas vraiment ça. Mais voilà, c'est son homme qui l'exaspère, elle le déteste !

Charon haussa les sourcils qu'il n'avait pas… de fait, il les haussa très haut. Satan rajouta alors :

— … Ce qui est bien le signe que notre p'tite est amoureuse *« Alte Geschichte ! »*

Et pour convaincre son inculte de passeur, il changea de registre pour une explication *à l'italienne* : *« Ma ragazzo, il remidio, è il tempo !… »* Mais Charon ne bougeait pas d'un quart de cil.

— Du temps… tu comprends ça, tête de mule ? Il lui faut du temps à notre Bête !

Et après une petite pause, il termina en haussant les épaules : *« Sauf qu'ici, du temps… Eh ! ben il n'y en a pas ! »*

Et avec Charon, tous deux baissèrent leur regard vers les eaux glauques et impénétrables du Styx.

* * *

Dans un ailleurs des lieux et du temps, c'était vers les reflets lumineux d'une eau claire et limpide, que l'homme qu'on appelle *Hans Jacob* avait baissé son regard. Il avait quitté le bouquinage de quelque ennuyeux classique pour, comme à son habitude, rejoindre son petit lac de montagne préféré où, accoudé à la balustrade du quai, il espérait se changer les idées, s'échapper des quatre murs de sa chambre avec ses lendemains trop lisses, et alléger son âme des faix inutiles que vous assènent ces temps qu'on appelle *modernes*.

La matinée s'annonçait agréable et tous les oiseaux le criaient; radieuse au point, sûrement, que les anges étaient descendus décrocher ce petit bout de montagne de la terre, pour le porter très haut à la caresse du soleil.

Hans étouffa un bâillement, et comme un enfant qui se laisse conduire par la main de sa mère, il abandonna ses pensées à la faveur de l'onde. Sous les reflets de l'eau, dansaient les algues accrochées aux poteaux du quai en se faisant bercer par un langoureux courant. Entre leurs cheveux d'émeraude, filochaient quelques alvins précoces, des marmots à branchies, eux-mêmes lorgnés par d'inquiétantes ombres sous-marines qui patientaient dans les profondeurs.

C'était l'aube d'un printemps prometteur. Autour du lac, au bout de leurs baguettes d'hiver, les arbres des collines explosaient déjà de la chaude couleur de leurs bourgeons nouveaux-nés, nouvelle estocade sanglante aux pâles ciels polaires de la saison, les derniers ! D'ailleurs, l'hiver pliait bagages : sur les berges, les premières jonquilles s'alignaient entre les boules de mimosas en fleur, tirant de longues guirlandes jaunes, au long desquelles glissaient les demoiselles aux cheveux d'or et aux jupes multicolores. Comme on sème le grain, les jolies filles jetaient leurs bras au cou de leur galant, offrant leurs plus beaux sourires et autres assauts de coquetterie.

Oui, elles annonçaient bien la mort de l'hiver, et depuis l'autre rive, Hans soupirait tout en regardant... eh bien, en regardant... le temps qui passait sur ses souvenirs comme l'eau glissait sur les algues. Combien de mois et de saisons avaient cruellement coulé dessus... sur sa dernière rencontre avec sa Bête ?

À la bouche, il avait le goût amer de leur dernière séparation. C'était au Vietnam ; jamais, se disait-il, n'aurait-il dû la laisser partir sur ce qui —pour elle— avait été un sanglant échec [2] : il aurait dû la retenir avec ses mots à lui, les mots de son attachement et la rassurer de son amour pour elle... Il n'avait pas eu le temps, elle était partie si vite, il n'avait pas su...

Alors, comme à chacune de leurs séparations, l'absence qui s'en suivait était cuisante : pas une adresse, pas un téléphone, rien pour lui dire... rien pour lui faire comprendre sa douleur et son amour. Ainsi, depuis ce jour, la solitude avait fermé sur lui ses volets les plus opaques.

Peut-être pouvait-elle, depuis le bord du Carrousel, avoir un regard sur lui ?... Alors que lui, même en songe, ne voyait plus rien d'elle.

My faint spirit was sitting in the light of thy looks, my love [3].

———————————

2. Cf. Sok Chea

3. « *Mon esprit faible était assis dans la lumière de ton regard, mon amour.* » P. Shelley : *From the arabic, an imitation*

Malgré son perpétuel désir de raviver ses souvenirs, de les sentir de nouveau comme si c'était hier, le temps qui glissait sur eux semblait toujours vouloir les emporter et en briser le miroir. Il tendait sa main bien en avant, ouverte au-dessus de l'eau, comme pour aller lui prendre le bras, lui caresser la joue. Dans l'onde, son regard cherchait l'amande de ses yeux, et dans l'ondulation des algues, il essayait de retrouver la danse de ses cheveux. Mais son âme faisait la perpétuelle lecture d'un livre non écrit; il se sentait avoir la charge de souvenirs et dont il ne pouvait que constater la lente dissolution.

S'il la cherchait toujours, s'il l'espérait partout, dans le noir, dans une ombre, dans l'entrebâillement d'une porte, voilà qu'il la voyait presque dans la robe colorée d'une de ces jeunes femmes, sur la rive d'en face, vers laquelle vagabondait sa pupille.

Chaque jour, il s'évertuait à monter la garde de son amour pour sa Bête, mais la garde était lascive. Alors, oui, la saison des fleurs était de retour, et la farandole des jeunes filles qui se promenaient sur la rive opposée lui en donnait des frissons : ses pensées martyrisées s'envolaient en débandade vers cette rive de couleurs d'où lui arrivait le pollen enivrant de ses fleurs —un venin— pendant que sa rose à lui, sa jolie fleur des enfers, aussi belle qu'inaccessible, mais avec qui, il avait versé son âme, ne donnait toujours aucun signe.

Alors, ses instincts échappaient à leur bride. « *Une barque !* » oui, une embarcation et du vent en tornade pour le porter en face en engrossant sa voile ! *Shelley,* le poète, lui aussi pour d'humides aventures, était parti sur l'eau... et les dieux, dans leur tempétueuse colère, avaient rompu le film fragile qui portait le bateau. Dans la tourmente entre le ciel et la mer, le poète pouvait-il échapper à son sort par le ciel ? —dût-il voler comme un oiseau— Par l'océan ? —dût-il nager comme un poisson—. Non, *Shelley* n'était qu'un homme qui se noya trop tôt, en laissant sa *Mary*, ses poèmes et ses passions.

Hans soupira, il y avait en lui décidément trop de vagues. Il ne lui restait plus qu'à baisser la tête vers les profondeurs du lac, et à être le spectateur de ses désirs qui s'enlisaient dans la vase grise de ses propres pensées.

La cloche du village égrenait midi et Hans comptait les coups en se répétant : « *Qu'elle vienne, mais qu'elle vienne donc !* » Oui ! qu'elle vienne lui demander d'aller se battre pour elle, d'aller décrocher la lune et nager sous les lacs : il n'attendait que ça, il dirait oui et sans se dérober !... Mais qu'elle vienne donc avant le dernier coup...

« *Monsieur Jacob ?* » fit soudainement une gentille voix dans son dos !

* * *

Hans se retourna précipitamment. Dans la puissante lumière, se tenait la haute silhouette, grande et élancée d'un homme en long manteau de ville et à la tête couverte d'un chapeau à large bord.

— Colonel Roberts [4], fit Hans à l'échalas avec un agacement voulu dans la voix.

---

4. CARROUSEL – Livre II : *Jealousy*

Se retournant vers le lac, il rajouta en ouvrant à peine les lèvres :

— Bon sang colonel, qu'est-ce qui se passe pour que vous m'appeliez par mon nom ?

— Ne vous inquiétez pas, personne ne nous observe, répondit l'homme, rassurant, en venant à son tour s'accouder à la balustrade où il entreprit aussitôt un innocent culottage de sa pipe.

Le colonel Roberts était un homme de grande stature, de celles qui ont poussé trop vite. Il avait le muscle fin, les cheveux lisses, d'un blond pâle qui le disputait avec le blanc dû à son âge avancé... tout comme le blanc de sa petite moustache, un petit trait calé sur la lèvre supérieure. Sa figure était longue, marquée par un front bien haut, un menton fort et des yeux enfoncés dans leur orbite, ce qui lui donnait un air toujours sombre et sérieux.

De lui, Hans savait qu'il était sorti d'un banditisme de jeunesse —assaisonné de quelques vols et crimes crapuleux—, qui lui avait quand même ouvert plusieurs ficelles dans les services de renseignement américains, où il avait pris rang, puis du galon.

À côté du flegmatique colonel Roberts, Hans ne pouvait s'empêcher de porter un regard inquiet vers les bords du lac :

— Bon sang Colonel, que faites-vous ici ? Nous n'avions pas de rendez-vous ! Si vous avez réussi à me trouver ici, d'autres pourraient en avoir fait de même.

— Ne vous inquiétez pas ! Nous nous sommes assurés qu'il n'y avait personne pour nous observer et encore moins pour nous entendre.

— « *Nous ?* » demanda encore Hans en plissant les yeux vers les quais et les voitures qui y étaient stationnées. Très vite, il remarqua une *Moskvitch-412* blanche, encore occupée par deux ombres et un autre individu debout sur le côté : si la Moskvitch était la voiture classique pour passer incognito, elle l'était tellement, que c'était aussi le meilleur moyen pour se faire remarquer de tous.

Voilà qui l'énerva encore plus :

— Vous n'êtes donc pas venu seul, mais qu'est-ce qui se passe ?

— Je crains que nous ayons une nouvelle fois besoin de vos services et... de vos talents monsieur Jacob.

Attendant ses explications, Hans regarda longuement le colonel Roberts. Ce dernier avait maintes fois opéré avec lui depuis l'ambassade des USA et le jeune homme était son agent préféré. Il avait même pour lui une affection toute filiale. Il faut dire qu'en matière de renseignement, Hans était un espion exceptionnel : il n'avait pas besoin d'aller fouiller nuitamment dans les tiroirs personnels de ses cibles, et encore moins d'entrer chez eux par effraction —ce qu'il laissait à d'autres— puisqu'une poignée de main lui donnait, par son don unique[5], la lecture de tous les secrets de ses interlocuteurs. De fait, le vieux colonel estimait à juste titre que les renseignements du jeune homme étaient toujours *« de première bourre ! »* Tout y figurait et surtout l'inespéré : les parentés biscornues des intrigues et des intrigants, des agents, de leurs donneurs

---

5. CARROUSEL– Livre I : *Le Styx*

d'ordre et de leurs maîtresses ; les manœuvres secrètes et leurs tacticiens de l'ombre. À chaque fois, ses rapports faisaient mouche et plafonnaient largement au-dessus des productions des autres agents qui ne pondaient —puisqu'il le fallait bien— que quelques fadaises.

Hans voyait tout, même les secrets les mieux gardés par d'épaisses portes de coffre ou un mutisme de plomb ! Au point que même les arcanes les plus personnels du colonel Roberts lui avaient été renvoyés au visage par le jeune homme. Mais justement, l'âme chantournée du colonel, au passé douteux s'il en est, et au relief accidenté, avait tout pour accrocher son crédit, et même son amitié.

Ainsi s'était établie une réelle confiance, toute réciproque entre les deux hommes. Alors de voir son colonel surgir ainsi, sans prévenir, et qui de surcroît gardait un regard sombre sur la ligne du lac, Hans eut immédiatement un mauvais pressentiment.

Mais le colonel était son ami !

* * *

Quand Hans et le colonel eurent rejoint la Moskvitch, les deux autres agents en sortirent, et invitèrent Hans à s'asseoir entre eux à l'arrière ; jusque-là, c'était normal. Depuis l'avant, le colonel lui fit un sourire rassurant : « *On vous expliquera tout ça bientôt !* »

Hans Jacob avait l'habitude des réseaux d'espions, avec qui, il œuvrait au plus fort de la Guerre Froide. Il avait l'habitude de la détermination des agents, de part et d'autre, mais aussi de leur silence : il savait ne pas poser de question, sachant que les réponses venaient d'elles-mêmes, et que moins on en demande, moins on court de risque de devoir l'avouer un jour au fer rouge. Enfin et surtout, en tant qu'espion, il avait appris que c'était toujours le dernier qui parlait qui était en mesure de garder la main sur les événements; c'est-à-dire que, comme au mikado, le perdant était celui qui, le premier, bougeait sa langue!

Mais le silence en question se prolongea durant les longs kilomètres qui les séparaient de la capitale, tout cela était donc excessivement important!... Tellement important qu'ils changèrent deux fois d'automobile et autant de fois d'escorte.

Mais le colonel Roberts ne disait toujours rien, si ce n'est « *IL est important, IL veut vous voir!* » et quand, après de longues heures de route sans plus d'explication, ils passèrent les faubourgs et arrivèrent en vue de l'ambassade des USA, Hans fut allongé au pied de la banquette avec une couverture jetée sur lui. Encore une fois, c'était assez normal, se disait-il tout en souffrant de la bosse de la transmission qui lui rentrait dans les côtes!

En trombe, la voiture glissa jusque dans les parkings souterrains de l'ambassade, stoppa, et enfin, la porte s'ouvrit. On aida Hans à sortir de sa cachette, et on lui accorda de se dérouiller ses jambes dans un parking aux trois-quarts vide.

Le colonel, le regard tendu vers l'autre bout du parking, voyait venir à eux un petit groupe d'hommes.

— Les voici, disait-il, mais...

Il avait l'air inquiet et ombrageux, se pinçait les lèvres, et entre ses sourcils, les plis de son front se creusaient profondément. Dans leur dos, les trois assistants du colonel étaient partis sans prévenir. Cette fois, Hans sentait que quelque chose clochait !

Au centre du petit groupe qui s'approchait, était un bonhomme de bel âge, grand et large, vêtu d'un pardessus aux étoffes épaisses, le visage un peu rustique et au sang surabondant. Autour de lui, étaient visiblement ses sbires : des armoires à glace, des types aux gros os, mais sans grande intelligence ; deux d'entre eux s'écartèrent d'ailleurs en un seul mouvement pour venir se placer innocemment à droite et à gauche de Hans.

Le gros bonhomme s'adressa enfin au colonel, sans daigner avoir le moindre regard pour le jeune homme :

— C'est lui ?

Le colonel Roberts commença alors les présentations :

— Général Guibert, je vous présente Hans Jacob qui...

Mais sans prévenir, les deux hommes de main sautèrent sur le jeune homme et lui empoignèrent fermement les bras. Lui, se débattit comme il pouvait : « *Hey, qu'est-ce que ça signifie ?* » mais il fut ceinturé par des bras puissants en même temps que, dans l'agitation générale, le vieux colonel Roberts, lui aussi, tentait d'intervenir « *Mais Général, que faites-vous ? Mais enfin arrêtez !* »

En seulement quelques secondes, Hans se retrouva avec un bâillon sur la bouche ! Une dernière fois, il tenta de s'extraire des griffes de ses gorilles, mais son dernier

souvenir fut l'horrible odeur de chloroforme qu'il res-
pirait à pleins poumons...

Et le visage effaré du colonel Roberts...

Chapitre II

Le général Guibert

H ANS JACOB mit plusieurs heures à recouvrer ses esprits. Pendant longtemps encore, il naviguaentre un état de sommeil profond, et une conscience parcellaire où se bousculaient ses souvenirs, le présent et quelques songes, tout ça embrumé par toutes les drogues qu'on lui avait fait avaler.

Quand enfin, il prit conscience de son état, de son corps, et dans une moindre mesure du lieu où il était, il eut immédiatement un réflexe de fuite avec un soubresaut de colère; mais il se trouvait attaché, les bras en croix, dans une salle gigantesque, peut-être grande comme un terrain de football, absolument vide de tout, à part sa propre présence en son centre. Et plus que tout, il était enchaîné par les chevilles autant que par les poignets, à un énorme bloc de béton.

Tout autour n'étaient que de très hauts murs cyclopéens au ciment nu, lisse et compact ; et puis à une bonne vingtaine de mètres devant lui et à plusieurs mètres sur le haut mur, trônait une longue rangée de vitres d'un noir profond et totalement opaques, penchées sur lui comme la passerelle d'un puissant navire de guerre.

Son corps se réveillait lentement du joug de la chimie ; il en sentait encore la lourdeur dans sa bouche, dans ses yeux et jusque dans ses veines, comme si une taupe y avait pissé toute son urine avant de s'en échapper à son réveil. Ses poignets et ses chevilles souffraient de leur emprisonnement dans de puissantes attaches : des anneaux d'un épais acier, chevillés dans la masse de l'énorme socle de béton qu'il avait dans son dos. Hans se voyait attaché à un cube massif, plus gros et lourd qu'un wagon de marchandises, trônant au centre de l'étrange salle. Il dut même écarquiller les yeux pour arriver à concevoir l'immensité et la hauteur du lieu où il était retenu prisonnier.

Et puis dans un bruit de lourde mécanique, un mur de côté vint s'ouvrir : une très grande porte, haute comme trois étages, qui déplaçait à grand vacarme d'engrenages mal huilés son pan d'acier de plus d'un mètre d'épaisseur. De très longues secondes furent nécessaires pour que l'ouverture laissât enfin passer un homme qui, pour Hans, paraissait minuscule.

* * *

En tenue kaki et richement galonné, l'homme mit du temps à traverser l'espace vide jusqu'à Hans, et enfin arrivé à quelques mètres de lui, il s'arrêta. Quelques secondes après, s'arrêtèrent aussi les échos de ses pas dans l'immense enceinte de béton. Dans l'impossibilité de se frotter les yeux, Hans devait se faire violence pour décortiquer les traits de ce visage qu'il lui semblait bien avoir déjà vu.

— Général Guibert, se présenta-t-il, James Mike Guibert, mister Jacob. J'espère que vous allez bien.

Hans finit par reconnaître l'homme, ce désagréable et oléagineux militaire qui, dans le parking de l'ambassade, avait participé à ce qui était son enlèvement. Il voulut dire quelque chose, protester, élever la voix, mais... se retint de prononcer le moindre mot : ce général était américain, le colonel Roberts aussi, lui qu'il connaissait depuis longtemps et avec qui, tout avait toujours été très clair et honnête. Le colonel Roberts l'avait donc trahi ? Et ses kidnappeurs étaient donc ses propres amis américains, eux en qui, il avait toute confiance ?

Tout ça sonnait faux !

Il se serait retrouvé dans les locaux de la STASI, voilà qui aurait été normal. Mais là... ligoté —et à ce point, comme un crucifié— par ceux qui se prenaient justement pour ses *amis*, il y avait quelque chose d'inexplicable.

Le général Guibert s'en doutait bien, lui qui avait déboutonné sa veste et planté ses mains profondément dans les poches de son pantalon avant de déclarer :

— Je crois que nous vous devons quelques explications monsieur Jacob.

— Je le pense aussi, finit par répondre Hans en appuyant ses mots, dites-moi d'abord où je suis, où est-ce que vous m'avez amené ?

— Nous vous avons amené quelque part dans *les rocheuses*. Vous ne vous souvenez pas de votre voyage, mais nous vous avons tenu en bonne santé croyez-moi. Je regrette le transport inconfortable dans la valise diplomatique de l'ambassade, mais dès que vous avez été à bord de nos avions —nous sommes quand même en pays de civilisation— il y a toujours eu une équipe médicale dédiée à votre bien-être.

— « *Mon... bien-être !* » répétait Hans en regardant les anneaux d'acier qui le retenaient.

— Oui, vous deviez arriver ici en bonne forme !

Hans insistant :

— Ici ? Mais enfin, où sommes-nous ?

Alors, le général Guibert prit ses aises, gonflant son ventre, et fit quelques gestes pour décrire ce qui semblait faire sa fierté :

— Monsieur Jacob, vous êtes dans un centre ultra-moderne de l'armée des *États-Unis d'Amérique*. Ici, nos meilleurs spécialistes, la crème de la crème, mènent des expériences d'avenir. Je peux vous confier par exemple, que nous testons ici même nos nouvelles armes, chimiques, biologiques... et même atomiques puisqu'au dernier sous-sol, nous avons une bombe à uranium enrichi, quasi-opérationnelle, et qui pourra être testée dans un jour ou deux. Vous voyez donc : c'est ici dans ce centre, que se fabriquent notre puissance et la sécurité de notre nation.

Mais quand il eut terminé, Hans, ahuri, secoua la tête en renouvelant sa question :

— Mais... et moi ? et pourquoi vous m'avez attaché comme ça ?

De nouveau, le général enfonça ses mains dans ses poches, respira profondément en cherchant ses mots vers le plafond :

— Voilà... comment vous dire, nous avons besoin de vous, et croyez-moi, si nous avions pu collaborer sans vous mettre dans cette... euh, situation, nous l'aurions fait avec plaisir.

— Vous auriez pu essayer non ?

— Non, pas le moins du monde, il vous fallait comme ça !

Hans pouffa de rire :

— À ce point ligoté, bunkérisé... vous me prenez donc pour une de vos bombes atomiques ?

Guibert eut un petit rire et se retourna alors vers les vitres noires, comme s'il en attendait la suite de son explication, ou du moins, comme si à cet instant, son message s'adressait aussi à ceux qui devaient se cacher là-derrière. Il expliqua :

— Une bombe atomique, vous ? non !... pas vraiment *vous* !

* * *

Hans baissa les yeux, chercha dans sa tête à peine réveillée l'explication de cette énigme. Pourquoi lui ? Et immédiatement, il pensa à la Bête... Oui, elle seule avait la puissance d'une bombe ! Certainement, ce général faisait allusion à sa Bête! Mais comment aurait-il pu en avoir connaissance?

Mais il se dit aussi qu'il n'était pas le seul à avoir côtoyé la Bête au point d'avoir pu se rendre compte de sa puissance. Ainsi, au Vietnam, quand elle les sauva, lui et les G.I. Chomsky, Moore et Turner de...

Mais oui, les G.I!... Ça ne pouvait être qu'eux!

D'ailleurs, le général Guibert lui en avoua l'explication :

— Voyez-vous monsieur Jacob, nous savons que vous avez quelques relations avec des univers... étranges et parallèles, et en particulier avec une jeune personne qui, dans les faits, est un être redoutable. Nous en avons eu quelques témoignages.

Hans ne fit même pas un clignement de ses cils... craignant que le général ne le prît immédiatement comme un aveu. Mais ce dernier n'en avait nul besoin et poursuivait :

— Nous avons reçu un rapport très complet, aussi nous aimerions en savoir plus sur cette... chose, que vous connaissez très bien.

Hans soupira, se tordit le nez et baissa la tête, mais se résolut à répondre :

— Vous auriez pu me le demander.

— Auriez-vous accepté?

Et sans hésiter —et pour la première fois avec un sourire narquois— Hans répondit :

— Des nèfles... non évidemment!

— Évidemment, d'où votre présence ici... Parce que c'est elle qui va vous aider, comme elle vous a aidé face au danger lors de votre expédition au Cambodge : elle va venir...

Et il se rapprocha de Hans au point de poser son index sur son sternum en martelant : « *Votre amie va venir... pour vous !* »

Et comme s'il venait de poser un CQFD en bas de la page, le général sourit avec malice. Il avait bien insisté sur ses derniers mots et Hans le regardait maintenant avec un sentiment de colère grandissante :

— Venir pour moi ? Je n'en suis pas certain, non !

— Oh que si ! Elle va venir parce que, réellement, votre vie sera en danger !

* * *

Hans frémit, il n'en revenait pas d'une situation qui tournait à l'absurde. Il regarda autour de lui pour tenter de découvrir le plan caché du général Guibert, ainsi que la manière dont il comptait mettre sa « *vie en danger* » comme il disait, et donc, à l'épreuve de la Bête.

— Ça ne marchera pas, ça ne marchera jamais, se contenta-t-il de répondre, et vos petits bracelets ridicules ne la feront pas bouger d'un pouce.

Le général baissa la tête en s'accordant un moment de réflexion :

— Nous prenons le risque : elle viendra, d'autant que votre mort devra être... comment vous dire... difficile à vivre !

— Ma... mort ?

Il frémit encore plus, et plongea son regard effaré au fond des yeux du général. Celui-là se tenait toujours à plusieurs mètres de lui, comme s'il n'osait pas s'approcher, comme s'il avouait ainsi sa meurtrière entreprise, ou bien simplement, par crainte des conséquences qu'il savait —par instinct militaire— devoir lui revenir bientôt en pleine figure.

Hans se lâcha quand même :

— Mais vous n'avez pas honte ? Espèce ce lâche, espèce de salopard, vous me parlez de *torture* c'est ça ?

— Voyons voyons...

— Où est le colonel Roberts ? Il me connaît, il vous dira que vous ne pouvez pas me faire ça. Mais qu'est-ce qui vous arrive de vous en prendre ainsi à vos alliés ?

— Monsieur Jacob, je vous en prie... ne vous énervez pas !

— Ah oui ? postillonnait-il en tirant sur ses anneaux comme s'il avait voulu les arracher du béton, non mais sans blague, mettez-vous à ma place !

Mais en face, le général ne perdait pas son calme :

— Croyez bien que je le ferai volontiers, et mon âme de soldat serait bien aise de prendre votre place rien que pour sauver mon pays. Mais justement, je ne peux pas ! Personne ne peut prendre *votre* place !

Hans soufflait comme un bœuf « *Non mais je rêve !* »

— Monsieur Jacob, nous ne souhaitons pas vous nuire...

— Tiens-donc...

— ... et je vous garantis que vous bénéficierez de tous les soins, et éventuellement, de toute la reconnaissance d'une nation à qui aurez rendu un immense service...

Mais Hans n'en démordait pas :

— Ah, mais bande de pourris, vous comptez m'amener au bord de la mort imminente, me tuer même, pour attirer ici la Bête des enfers. C'est ça votre projet de fou ?

Le général croisa les bras :

— C'est exactement ça !

* * *

Hans écarquillait les yeux, la bouche grande ouverte, la bave aux lèvres qu'il ne pouvait effacer d'un revers de manche et la douleur qui le perçait de part en part d'avoir trop tiré sur ses poignets ; il se voyait, d'abord estomaqué de la fourberie de ces hommes, et surtout —surtout— du ridicule de leur plan : faire venir la Bête, ici et sur commande, programmer, comme en 40, le débarquement des *enfers !*

— Mais enfin, qu'espérez-vous ? cria-t-il encore, vous savez à qui vous avez à faire ? Vous vous rendez compte de ce qu'elle est ?

— Bien sûr, répondit toujours calmement le général qui s'était approché sur le côté pour caresser amoureusement le bloc de béton.

Et il rajouta avec un brin d'admiration dans la voix :

— Elle est la violence à l'état pur, et nous en avons besoin, parce que la violence, c'est le bras armé des nations, sa nécessaire brutalité je ne vous apprendrai rien.

— Tu parles ! Ce sont vos nations qui sont le bras politique de votre violence. Inutile de la chercher ailleurs : votre bête à vous, c'est votre violence, votre

29

brutalité, ce sont vos crimes, voilà votre vraie bête du mal !

Mais devant la colère de son prisonnier, le général gardait son plus grand sérieux et musclait son discours :

— Écoutez, si nous ne le faisons pas, d'autres le feront à notre place, et ces autres-là ne seront pas aussi pacifiques que nous. Voilà ! C'est aussi simple que cela.

Hans comprenait maintenant qu'il était en face du tambour-major favori des despotes, celui qui, avec tellement d'arguties, prenait soin d'aligner par rang de taille l'éternel trio favori des dictatures : le "bien", suivi par sa "brute" et un éventuel "truand" —il y en a toujours un— en l'occurrence "les autres", déjà cachés en embuscade.

— Et c'est pour ça que nous comptons vraiment sur votre collaboration, monsieur Jacob, pour mener cette expérience scientifique, et en apprendre plus sur cette... chose, votre amie, sur ses capacités de transformation, sur sa puissance guerrière...

— *Sa puissance guerrière ?*

— Exactement, c'est une arme ! Et elle sera à nous !

* * *

Hans n'en revenait toujours pas. Ce général, rogue et les yeux mi-clos de suffisance, étalait sa fierté d'avoir résolu, avec ses poncifs et ses recettes fatiguées, une espèce de mot croisé commençant par « *Belzébuth* » et se terminant par un mot en quatre lettres, le plus apprécié, sans doute, de son vocabulaire.

— Mais, général... vous rigolez ? essaya Hans avec une conviction non dissimulée.

— Pas du tout !

— Vous espérez donc capturer mon amie, et l'étudier comme un objet de laboratoire ? Ne me dites pas que c'est ça votre plan... S'il vous plaît, pas ça !

Guibert se retourna de nouveau vers les baies vitrées. Assurément, ils devaient être des dizaines, là-derrière, à observer et écouter. C'est presque pour eux que le général affirma alors :

— C'est exactement ça !

Hans n'arrivait plus à prononcer ses mots :

— Je... j'hallucine !... Vous avez décidé de vous approprier de ce que vous pensez être un objet, une chose, et vous pensez peut-être qu'elle sera d'accord ?

— Cette arme n'appartient qu'à celui qui sera en capacité de se l'approprier, nous serons les premiers, elle sera à nous !

— C... contre son gré ?

— Son gré, son gré !... Nous avons tous les moyens de coercition pour tenir cette chose ici et l'étudier. Nous avons bien compris que, quand elle n'est pas le monstre que nos soldats ont vu, le sujet reste vulnérable... Nous avons d'excellents sédatifs prêts à lui être administrés en une milliseconde depuis plusieurs meurtrières autour de nous, nos meilleurs tireurs d'élite sont là-derrière, équipés de fusils à recharge ultra-rapide et avec des seringues qui transperceraient la peau d'un éléphant. Pour le reste, nous avons aussi des murs de plusieurs mètres d'épaisseur, les meilleurs aciers —ils équipent nos chars— et le plus solide béton armé !

Le général ne tarissait pas de volubilité et de poncifs militaro-techniques. Pendant ce temps, les bras en croix, Hans avait penché sa tête en arrière, comme un crucifié qui allait rendre son dernier souffle. D'ailleurs, c'est à peine s'il se retint de murmurer un « *Oh mon Dieu, les fous, ils ne savent pas ce qu'ils font !* »

— Pardon ?... demanda le général Guibert.

Hans reprit alors son calme, ferma les yeux et respira profondément :

— Général... j'ai du mal à vous dire ça, mais... vous n'avez hélas que deux petites alternatives, rien que deux.

Guibert l'invita à poursuivre :

— Je vous en prie monsieur Jacob.

— Soit vous me libérez tout de suite, mais sans que je garantisse le moins du monde que vous et votre équipe ne soyez pas très vite exterminés dans votre sommeil !

— *Exterminés ?* fit le général

Hans dodelina :

— Vous en savez trop !

— Mmmh ou bien ? poursuivit le général qui n'avait pas bronché.

— Ou bien je crains vraiment que mon amie se fâche, et alors...

— Et alors ?

C'est lui qui se fâcha :

— Hé, mais pareil, crétin : exterminés... tous !

Et il releva la tête vers la baie vitrée : « *Tous, vous entendez, tous !* »

Le général se contenta de sourire, il gonfla la poitrine et commença à revenir sur ses pas en direction de l'immense porte qui l'attendait, encore entrouverte :

— C'est pour ça que je suis là, monsieur Jacob : l'extermination sauvage, c'est aussi mon rayon. J'avoue même que je n'en suis pas toujours très fier, mais j'ai vu, et je sais faire alors...

Dans son dos, Hans s'emportait, il rageait, se secouait, et tentait en vain de s'extraire de ses liens d'aciers plongés dans le béton du cube sur lequel il était retenu, tout en appelant à haute voix le général qui s'éloignait :

— Général vous êtes en train de faire une terrible erreur... Mon Dieu, mais que vous êtes bête et stupide, vous croyez avoir vu et vous croyez savoir, mais vous ne savez rien général, rien !

— C'est justement pour ça que nous sommes tous ici monsieur Jacob ! répondit en définitive celui-là qui franchissait la lourde porte.

Mais Hans hurlait encore « *Mais espèce de Tartufe, gâteux d'opérette...* » et lança aussi ses postillons à ceux-là qui devaient le regarder par-delà les vitres :

— Ne faites pas ça, je vous en prie, quand vous aurez vu ce que vous voulez voir, il ne restera plus personne pour en témoigner... Personne, je vous le dis !

Mais voilà, les vitres opaques restaient muettes, et les *prétendus scientifiques* qui se cachaient derrière —de cette caste-là qui avait besoin de se mettre en bande pour penser—, ils se mettaient aussi en réunion pour se taire. Ah ! de tout temps, les faiblesses de la Science ont aussi été ses excès... et ses excès, sa pire faiblesse.

* * *

Peu de temps après, le général Guibert avait rejoint l'équipe qui attendait derrière la large baie. Il y avait là une dizaine d'individus, scientifiques en blouse blanche, politiques encravatés, et soldats en armes, autant de pions immobiles qui profilaient leurs étranges silhouettes dans la pénombre de la pièce. Sur les murs, des étages d'oscilloscopes, d'enregistreurs à bande que griffonnaient déjà des dizaines de stylets et des armoires à dérouleurs de bandes magnétiques. Sans attendre, le général tonna fièrement :

— Messieurs, je pense que nous pouvons commencer.

Ils avaient tous l'air effrayés. Par les haut-parleurs du plafond, grésillait encore la voix de Hans Jacob avec ses mises en garde : *« Renoncez, c'est votre mort à tous que vous avez signé !... Ah les fous, les fous... »*

Mais devant l'injonction du général, tous se mirent peu à peu à leur console et instruments, quand la voix fluette d'un des scientifiques demanda prudemment :

— Général, vous avez entendu ce qu'il vient de dire ? Ne pensez-vous pas que...

Il se trouva aussitôt sévèrement repris par une des quelques femmes présentes dans la pièce : *« Docteur Herbert, voyons ! »*. En blouse blanche, tirée à quatre épingles, avec de grosses lunettes sur un visage rembruni, elle n'aurait pas manqué de lui asséner un coup de bâton, si elle en avait eu un plutôt que son crayon.

« Laissez mademoiselle » intervint le général Guibert qui prenait la suite de sa groupie d'assistante :

— Docteur Herbert, sachez que les vitres que vous avez devant vous, font quatre-vingts centimètres d'épaisseur d'un verre blindé qui résisteront à tout, elles

ont même résisté à une roquette anti-char perforante...
Alors commençons !

Ledit docteur Herbert rentra sa tête entre ses épaules, mais c'est encore une autre voix qui se fit entendre, celle du colonel Roberts qui s'avançait vers le général.

— Mon Général, je vous l'ai déjà dit, je ne peux pas cautionner cette...

— Colonel j'ai déjà pris note de vos remarques. Inutile de les réitérer.

Roberts s'énerva « *Mais enfin...* » et il désigna derrière les vitres, Hans Jacob enchaîné à son énorme bloc de béton, et qui désespérait de pouvoir s'extraire de ses menottes d'acier.

— Mais enfin, mon Général, vous allez le tuer !... Et tout ça pour une ... affabulation !

Le général lui fit face avec calme :

— Roberts, les témoignages que nous avons recueillis ne sont pas des affabulations. Maintenant, rien ne vous retient ici.

— Général non... J'ai travaillé avec ce jeune homme, il avait toute ma confiance et je...

Le général claqua des doigts « *L'intérêt supérieur de la nation colonel !* ». Aussitôt, deux soldats en casque et armes virent se poster aux côtés de Roberts en même temps que son assistante revêche se postait sous son nez pour lui désigner la sortie d'un bras bien tendu. Alors le colonel baissa les yeux, et devant tous les autres qui le regardaient en silence, il fit un lent demi-tour puis, accompagné des deux soldats, s'éloigna.

Dans son dos, le général lui rappela encore d'une voix ferme :

— Roberts, je vous rappelle que vous êtes sous ordres, de toutes les façons, vous restez impliqué, et tenu au secret comme chacun d'entre nous !

Le colonel Roberts marqua le pas l'espace d'un instant, et sortit.

* * *

« *C'est pas vrai, je rêve...* » Dans l'immense salle, Hans Jacob attendait sur son sort tout en maudissant l'incurie de ces gens, leur stupidité, sidéré devant tant de fêlures béantes dans la matière grise de ces soi-disant *élites*. Les attracteurs de la bêtise humaine sont si massifs que même les plus assaisonnés de nos enfants s'y jettent avec la délectation d'un junkie. Et il les voyait, ces militaires, ces amateurs de pseudo-expériences scientifiques qui se cachaient derrière leurs vitres opaques, comme si leur éducation allait les prémunir de sombrer à leur tour, ils y sautaient à pieds joints !

Ah ! oui alors, la seule éducation qui vaille, est bien celle qui évite aux hommes et aux femmes de se précipiter dans le cul béant de la bêtise.

« *Qu'ils aillent au Diable !* » voulait-il dire avant de se rendre compte que ceux-là y étaient déjà : ne manquait que la petite seconde fatidique. Il comprenait Satan qui lui disait encore sur les marches de Monaco « *Je suis le gardien des enfers, pas son pourvoyeur.* »

Quant à sa Bête... Oh ! que non, elle n'allait pas venir, ils s'étaient quittés fâchés. Et pourquoi viendrait-elle quand « *les crimes et la justice ne sont que terrestre* » ? La gardienne des âmes damnées qu'elle était, allait attendre bien sagement son wagon de tarés, sans prendre jamais la peine de venir les chercher !

Mais très vite, la cloche sourde de son glas rattrapait ses pensées. À chaque battement dans ses tempes, Hans sentait irrémédiablement monter en lui des angoisses animales, et la sueur lui sortir par les pores ; prisonnier et en cage, comme une proie attachée au poteau, il frémissait au moindre retour de l'écho ; avec crispation, ses yeux cherchaient d'où allait sortir le fusil, ses muscles se bandaient en craignant par avance la lance qui devait lui perforer la panse, ou les pierres qui allaient le lapider. Face au précipice de la mort, il se sentait déjà chuter dans l'anéantissement de sa pensée humaine.

* * *

Et soudain, c'est devant lui, sous les vitres, que le mur se fendit d'une ouverture dans l'épais béton : une portion rectangulaire se décrocha, puis, à grand bruit d'engrenages, s'enfonça dans la masse pour disparaître dans l'obscurité de la paroi. Une minute après, sortant de cet antre, apparut le long canon d'une arme, une puissante mitrailleuse automatique, qui glissait sur ses rails avec tout son attirail d'accessoires, jusqu'à se verrouiller à une dizaine de mètres devant Hans.

L'arme était énorme, de celles qu'on vouvoie, bardée de vérins hydrauliques, de câbles électriques, de tuyaux de refroidissement et prête à se voir gavée par d'énormes nourrices à munitions.

Hans devint blême... Il imagina en un instant le scénario de ces salauds : reproduire les conditions de leur expédition au Vietnam, et forcer la Bête à se manifester, à apparaître, là devant eux, pour détruire cette mitrailleuse ! Alors ils feraient feu de quelques canons à seringues soporifiques pour la neutraliser. Après ça, on la déposerait sur un brancard, et on la conduirait vers un laboratoire où, sous une hotte de gaz paralysant, elle serait analysée, radiographiée, sans doute, découpée et microtomisée pour en révéler tous ses secrets, quitte à la tuer, à la détruire si elle ne devait pas être assez docile pour eux !

À moins, se disait-il encore, qu'ils lui trouvent la camisole chimique qui la rendrait docile et esclave de leurs projets guerriers : la Bête comme super-arme tout-terrain, efficace, portable et économique, l'instrument absolument invincible pour le meilleur rendement des entreprises d'extermination !

* * *

Au-dessus de lui, dans la salle de contrôle, le général commanda : « *Allez-y !* » Aussitôt, un technicien appuya sur le bouton « *Programme N°1* » et la mitrailleuse cracha un feu d'enfer !

Du canon de l'arme, Hans vit fondre sur lui un moment de terreur : dans le bruit assourdissant des détonations, des flammes crachées en continu, et des balles qui se fracassaient sur le béton où était accroché, il hurlait à en vider ses poumons...

Si le tir était commandé pour que les balles frappent tout autour de lui sans l'atteindre, elles pouvaient quand même tomber à quelques dizaines de centimètres de lui. Et c'est l'attaque des mille éclats, projetés autour des impacts de balles que Hans dut subir sur sa peau et dans sa chair. Alors si ses hurlements furent très vite couverts par le feu de l'arme, bientôt, ils cessèrent complètement parce que l'homme avait sombré dans l'inconscience.

Dans leur bunker, par-delà les vitres fumées, les acteurs de cette mise en scène regardaient le spectacle, pétrifiés, jusqu'à ce que l'épais nuage de poudre et de poussière en arrivât à leur masquer la scène du crime. Quand le premier chargeur fut vidé, quand la dernière douille fumante rebondit sur le sol et que l'écho des déflagrations s'éteignît dans le hall, tous attendirent encore, mais cette fois en regardant anxieusement vers tous les recoins de l'immense salle encore accessible au regard.

Mais tout, dans le hall, restait silencieux et immobile.

Et puis la fumée se dissipa enfin. Hans était toujours là, attaché à un bloc dont la surface lisse était devenue lunaire. Devant lui n'était qu'un parterre d'éclats de roche, de morceaux de balles et de douilles sorties de la mitrailleuse dont le canon surchauffé fumait encore. Mais lui était en sang ; sa tête inerte retombait sur sa poitrine ; ses vêtements et sa peau avaient été de partout déchirés par les éclats de béton ou par des morceaux brûlant des balles de la mitrailleuse.

Mais dans ce hall gigantesque, il n'y avait toujours que lui.

Alors dans le bunker, une petite voix se fit entendre parmi les hommes, l'un d'entre eux qui s'inquiétait de l'état de leur cobaye :

— Il faudrait peut-être aller voir...

— Non attendez ! interrompit le général.

Et tous attendirent encore dans un silence de mort, les yeux toujours rivés au travers des épaisses vitres blindées. Ils se penchaient même par-dessus leurs pupitres pour regarder vers le plafond, en bas, à gauche... Ils attendirent ainsi de longues secondes, de longues minutes... en scrutant chaque recoin de la salle encore partiellement enfumée.

Parfois, l'un d'eux disait à voix basse :

— Il est peut-être déjà mort !

— Non, répondait un autre, je le vois encore respirer.

Alors, le général Guibert baissa un instant les yeux, regarda sa montre, prit une profonde inspiration puis annonça froidement :

— Bien, passons alors à l'étape suivante !

Il y eut un flottement parmi l'équipe autour de lui : « *Ça va l'achever...* » ou bien « *Et s'il ne s'en sort pas ?* » ou encore « *Et si la chose ne venait pas ?* » Mais le général coupa court :

— C'était prévu comme ça, c'est un coût acceptable. Et il ordonna encore : « *Rapprochez les tirs maintenant... c'est un ordre !* »

Et en effet, la main gantée d'un des techniciens en blouse blanche vint —un peu ostensiblement d'ailleurs— appuyer son index sur le bouton estampillé

Programme N°2... avant de reprendre sa canne laissée l'instant d'avant au bord du pupitre...

Une jolie canne d'ébène, au pommeau d'or fin, et sur lequel vibraient d'étranges ondulations.

Sur le pupitre de commande, si le bouton maintenant enfoncé clignotait bien comme prévu, pour autant rien ne se passait.

— Eh bien ? tonnait le général Guibert.

Chapitre III

Aprévisible

Dans l'enceinte de béton où il était maintenu prisonnier, Hans gémissait en serrant les dents. De partout, sa peau lui provoquait d'horribles brûlures : cisaillée par les éclats de roche, ou brûlée par des fragments des balles qui étaient venues se fracturer sur le béton.

Attaché, bras en croix, il ne pouvait même pas se passer la main sur ses yeux plein de poussière, ni sur les blessures de son crâne dans lequel des éclats paraissaient s'y être enfoncés jusqu'à l'os. De sa tête, son sang lui coulait sur le visage et gouttait abondamment depuis son menton jusqu'au sol.

À la pointe de son épuisement, à peine, arrivait-il à murmurer en sanglotant : « *Salauds... salauds...* » pour ceux qui, à ses yeux, représentaient la plus stupide brutalité, le summum de l'infamie, ceux-là qui voulaient donner des leçons d'humanité aux tortionnaires de son pays et du reste du monde, ces moralistes de contrebande, les voilà qui rivalisaient avec eux dans l'abject autant que dans la bêtise.

En relevant les yeux —il eût aussi voulu relever le torse, mais celui-là avait déjà abdiqué—, il les devinait derrière les vitres noires qui lui faisaient face, et s'il les maudissait en serrant les dents de rage et de douleur, il ne pouvait quand même pas s'empêcher de gémir à voix basse un conseil de condamné à l'adresse de son bourreau :

— Ne faites pas ça!... Pour vous, arrêtez, ne faites surtout pas ça.

Et puis soudainement, il entendit un bruit sourd sur l'une des vitres... et un autre, comme un coup de poing frappé sur l'épais bloc de verre. Et puis ce fut le bloc tout entier qui se décrocha, expulsé à grand fracas dans les airs, comme un bouchon saute de sa bouteille de champagne, avant de retomber lourdement sur le sol et de glisser à ses pieds. C'était un bloc de verre fumé, gros comme une table, un bloc monstrueux qui devait bien peser le poids d'une voiture, et qui s'était trouvé soufflé de sa cage d'acier, comme l'aurait été un fétu de paille.

Hans leva les yeux. Par le trou béant de la vitre manquante, lui arriva une cascade de hurlements, de cris déchirés, de claquements d'armes automatiques, et les bruits d'un combat dont il devinait l'origine... et l'issue.

Il baissa les yeux, soupira, et écrasé par ses blessures, tomba dans l'inconscience.

* * *

Quand Hans se réveilla, ce fut pour sentir une main sur sa joue : la main chaude de la Bête, qui irradiait en lui la guérison de ses blessures. Lentement, ses yeux se rallumèrent ; il la voyait qui se tenait devant-lui, toujours suspendu à son bloc de béton ; il la voyait telle qu'elle lui était apparue comme l'assistante du magicien, il y a déjà bien longtemps : elle portait sa tenue de cuir noir et serré contre sa peau, son éternel collier de pierres autour du cou, et ses longs cheveux retenus par un bandeau blanc.

Sa Bête était devant lui, quelle apparition ! Et sa vision dépassait de plusieurs ciels les plus lumineux souvenirs qu'il avait gardés d'elle dans la sombre bibliothèque de son cerveau. Sa présence était un air pur qui soufflait sur tout ce qu'il avait pu retenir de son visage, de ses yeux et de la ligne de ses sourcils, de ses lèvres, des courbes de ses hanches et jusqu'à ses mains serrées sur les menottes d'acier qu'elle essayait maintenant de retirer du béton. Avec satisfaction, Hans pouvait enfin jeter au loin les esquisses maintes fois retouchées, déformées, voire enlaidies, que son cœur asséché avait depuis tant de mois dessinées de sa jolie Bête.

Immédiatement, il eut pour elle un large sourire, mais elle ne répondit que par un regard froid et dur alors qu'elle arrachait, un à un les anneaux de contention qu'il avait aux poignets et aux chevilles : elle les

45

arrachait du béton avec le même bruit que l'extraction d'une molaire de son os. Puis sans effort, elle brisa la serrure de l'anneau forgé qu'elle jeta haineusement au loin. Des pièces de plusieurs kilos d'acier dont la chute emplissait le hall des percutantes sonorités des ateliers de ferronnerie.

Hans, maintenant libéré, se sentait épuisé, mais contre toute attente, il tenait sur ses jambes. De la main, il s'essuya le visage en constatant que, sous ses vêtements déchirés, ses blessures avaient disparu. Dans le même temps, il se rendit compte que la moitié des vitres noires du bunker étaient à terre, désorbitées et éparpillées dans un champ de gravats, de scories, et... d'une dizaine de cadavres humains, baignés de sang et dans des états d'indescriptibles mutilations. Hans devinait bien ce qui s'était passé alors qu'il était inconscient.

—Je... je vous remercie, dit-il péniblement à la Bête tout en se frottant les poignets.

—Ne me remercie pas, se contenta-t-elle de répondre, alors qu'avec dédain, elle avait jeté au loin la dernière menotte forgée.

Hans tentait de capter son regard, d'abord parce qu'il en buvait les traits, tellement plus beaux que ce qu'il en avait gardé jusqu'à présent, mais aussi pour compenser par les yeux ce que leurs mots, si froids, n'arrivaient pas à dire. Mais les yeux de l'un n'arrivaient pas à croiser ceux de l'autre, comme si l'âme de l'un n'arrivait plus à retrouver celle —absente— de l'autre!

Hans s'en trouva immédiatement affligé; il voulut s'approcher d'elle, mais au même moment, vola dans les airs un dernier militaire qui avait été projeté par-delà les vitres manquantes du bunker :

— Il est là ? demanda Hans en désignant du menton l'ouverture par laquelle était passé le corps qui venait de s'écraser plus loin et d'où s'échappaient encore quelques nuées charbonneuses.

— Oui... viens.

* * *

Il la suivit. Tous les deux zigzaguèrent entre les blocs, les gravats et les cadavres, entre ce qui restait de la mitrailleuse complètement démembrée et tordue comme si elle avait été un jouet de plastique, pour rejoindre la lourde porte déjà entrouverte : l'immense bloc de métal était sorti de son gond inférieur et pendouillait, bancale et ridicule, après qu'on l'eût sans doute forcé d'un coup de pied —comme on fait d'habitude—.

Puis ils gravirent la dizaine de marches qui les amenèrent au grand poste de commande. Sur le palier supérieur, la Bête annonça : « *Je te laisse, j'ai à faire !* » et avant même qu'il se retournât, mains tendues, elle avait disparu.

Devant lui, au centre de la pièce de contrôle à la lumière sépulcrale, se tenait le Diable, immobile, revêtu sa longue cape qui tombait de ses épaules comme si elle avait été de plomb. Même dans l'ombre, il était tellement reconnaissable avec son haut-de-forme bien propret, sa canne à pommeau d'or, et ses gants blancs avec lesquels il débarrassait ses manches de quelques haïssables poussières.

47

Tout autour de lui, depuis le sol jusqu'au plafond, ruisselait de la boue sombre du sang de ses victimes, avec leurs lambeaux de chair, d'os et de membres méconnaissables, mais aussi de boules d'organes sans plus de propriétaire. La pièce avec ses chapelets d'écrans, aux consoles rutilantes, aux peintures militaires cuites au four, avait été repeinte d'une garance satanique par laquelle s'égouttait le glas de la petite humanité qui avait eu le malheur —et l'audace— de se trouver là.

Devant l'homme qui ne savait plus où poser le pied, saisi par le remugle des viscères, était la nauséeuse démonstration qu'il y a tellement plus d'intérieur que d'extérieur dans un corps humain !

Et même si Hans avait déjà eu l'occasion d'être mis devant les débordements sataniques de ses deux compères, il ne put s'empêcher d'être immédiatement saisi d'un haut-le-cœur, tellement le spectacle était horrible. Excepté, le sang boueux de ce carnage, ses yeux n'avaient plus où se poser, et ne restait pour lui que la piètre alternative de river son regard sur la sombre silhouette de celui qui... en était l'auteur.

Et alors que Hans tentait difficilement de ne pas rajouter ses propres liquides corporels au sol gluant, le Diable, avec un regard méchamment durci, rompit ainsi le silence :

— Alors l'homme, tu sers d'appât maintenant ?

Dans la tête de Hans, doublement remuée par ce qu'il venait de vivre, autant que par ce nauséeux spectacle, il y avait encore un tourbillon de feu et de violence —dont la sienne—. La magie de la Bête, si elle avait cicatrisé ses plaies, n'en avait pas calmé toute l'ébullition. C'est cette pestilence et ces visions d'horreur qui lui firent l'effet d'un tord-boyaux par lequel il retrouva tous ses esprits, et dans une moindre mesure, la faculté de s'exprimer à peu près posément :

— Je... je suis navré, dit-il donc en ravalant sa salive, j'ai essayé de les en dissuader, mais...

Ses mots portaient mal. Satan le coupa sans s'énerver :

— Ah cette habitude des humains de toujours se placer coupable ou innocent ! Je ne te reproche rien l'homme.

— Enfin, je dois quand même vous remercier d'être venu.

— Ne te berce pas d'illusion, je ne suis pas venu me claquemurer ici pour demander des nouvelles de ta santé.

Histoire de respirer un autre air, Hans s'était rapproché des verrières explosées, et d'une main, désignait au hasard ce qui restait de corps dans la pièce :

— Ils voulaient s'approprier votre Bête, j'ai voulu les avertir !

— Les avertir de quoi ? faisait le Diable innocemment.

— De l'immense danger de leur entreprise et de...

— Mais je la leur ai donnée.

— Pa... pardon ?

— Oui, fit le Diable avec un petit sourire, comme Prométhée a donné le feu aux hommes, j'ai donné la Bête à ces militaires. Après tout, une supplique avec autant de préméditation !

Hans ne savait plus quoi dire, à part un « *Mais alors...* »

— Mais alors ? Eh bien, tout comme le feu brûle celui qui le possède, ils sont en train d'apprendre ce que c'est que de vouloir posséder les moyens du mal !

* * *

Hans dodelina timidement. Mais en désignant d'un doigt prudent le spectacle autour d'eux, il s'autorisa à demander encore :

— Fallait-il en passer par là ?

— Ça ? s'étonna le Diable en faisant un rapide tour d'horizon, mais ça n'est que le début !

— Le début de quoi ? demanda encore Hans, inquiet de la suite des évènements.

Satan eut un mouvement de colère :

— Mais décidément, tu ne comprends rien à rien l'homme ! Le début de l'élimination de cette fiente technoscientiste que j'abhorre, ces chiourmes de militaires, ces apprentis-sorciers, ces... ces impertinents qui ont la prétention de me donner des leçons !

— Voyons, réagit Hans, vous ne pouvez pas reprocher aux hommes d'être des apprentis sorciers, tout de même, c'est dans leur nature !

Satan haussa les épaules :

— Que les hommes restent d'éternels apprentis, certes, mais qu'ils en deviennent les pires des sorciers, non ! Et ça n'est pas toi qui va me contredire n'est-ce pas ? Nous en avons déjà parlé, et tu sais très bien où tout ça peut conduire ta petite et fragile humanité.

Et à ce moment, surgit d'une porte un cri d'effroi. *« Ça, c'est justement leur Bête qui leur fait la démonstration ! »* fit Satan sans même se détourner.

— Mais enfin, insistait Hans, ils ne méritaient peut-être pas ça !

— Comme je te l'ai déjà dit : ils savaient pour qui ils bossaient.

Et de la porte opposée, arrivèrent d'autres hurlements... pas les cris d'hommes ou de femmes en face d'une mort imminente, mais bien des rugissements animaux !

— Ça, c'est aussi la Bête, fit-il encore avec le même flegme, ainsi se venge la Violence, de ceux qui en abusent.

La Bête, avec certainement un don d'ubiquité, était en train de semer la terreur dans les couloirs du complexe militaire. Hans était en proie à des sentiments contradictoires :

— Et puis, tous ne savaient pas, clama-t-il encore comme un avocat, certains étaient ici seulement pour... du travail.

Et depuis le grand Hall où, quelques minutes auparavant, il était encore attaché, un cri strident arriva depuis les verrières ouvertes : une jeune femme en blouse blanche avec de grosses lunettes et tirée à quatre épingles, courait en proie à une panique ultime. Se penchant vers elle, Hans eut juste le temps de voir un trait sombre fuser sur elle dans la lumière : la Bête qui, rapide comme une lance, fondait sur sa proie. La rencontre de l'arme avec sa victime se produisit sous les fenêtres, Hans n'en entendit que des craquements d'os...

Il tendit un bras tremblant vers le dehors :

— Ces autres-là sont-ils donc tous coupables ?

Satan se rapprocha tranquillement de lui. Ses pas lents, d'habitude accompagnés de la musique sonore et lancinante de ses talons sur un sol clair, chantaient cette fois le clapotis du sang et l'expulsion des chairs sous ses chaussures.

— Coupables ? Mais aucunement, souviens-toi que je ne juge pas !

— Ben alors... pourquoi tout ça ? faisait encore l'homme en désignant la boue ensanglantée qui lui coulait jusqu'aux pieds.

— Ils ne font que mourir par accident.

— Par... accident ? ravala Hans.

— Exactement, comme quand tu t'approches trop d'une route dangereuse, d'une mer à rouleaux ou du sommet du K2, vous autres humains, avez troqué votre plus élémentaire bon sens, pour des règles de droit... dont acte. Et puisque tu t'en fais l'avocat, tu devrais savoir qu'en ce qui me concerne, je ne suis pas doué de mesure alors...

Mais sans s'en rendre compte, Hans découvrit que la Bête se tenait, cette fois, tout près de lui, qui le poussait du coude :

— T'aurais voulu que je te laisse en bas peut-être ?

— Mais mais, sursauta-t-il, vous êtes donc partout à la fois ?

— Oui, répondit-elle froidement tout en mesurant du pied son travail de dépeçage d'un de ses nombreux cadavres, ne dit-on pas dans tes légendes que nous sommes légion ?

Et quand, de nouveau, d'autres cris arrivèrent par la porte, elle sourit : « *Et c'est encore moi !* »

Hans fermait des paupières, cuisantes, comme quand, de fatigue, on s'engage sur les voies les plus rapides du sommeil ! C'est qu'il aurait bien voulu rêver, s'échapper de ce nouveau cauchemar, mais la réalité lui fouettait les narines. Que faisait-il ici ? Quel allait être son rôle —s'il devait en avoir un—? À la croisée des mondes et faute du plus petit Sésame pour en réchapper, tout s'embrouillait dans sa tête.

Mais sans prévenir, le Diable changea soudainement d'attitude, troquant sa cérémonielle et pontifiante superbe, pour un élan de potache :

— Bon assez ri ! Il est temps de mettre de l'ordre dans tout ça. Il ne restera rien... et surtout personne. Tout le monde croira que leurs petites expériences se sont retournées contre leurs auteurs, qu'un virus s'est échappé de son éprouvette ou un mutant de sa cage, que sais-je ! Dans tous les cas, ça sera bien fait pour eux, na !

* * *

Mais alors qu'avec sa Bête, ils allaient quitter la salle de contrôle pour achever leur petite entreprise d'extermination, Hans, resté en arrière, les arrêta :

— Attendez, vous pensez bien qu'un tel carnage ne passera jamais inaperçu des hommes !

Sans se retourner, la Bête répondit sèchement :

— Il n'y aura plus âme qui vive ! Maître, je peux me charger de tous, il n'en restera que de la charpie.

Mais dans leur dos, Hans insistait en haussant la voix :

— Mais ça ne servira à rien et l'effet sera le contraire : vous voulez éliminer ces gens en faisant croire à une erreur de manip, mais regardez... regardez autour de vous : tout le monde saura bien qu'une puissance surnaturelle été à l'œuvre ici !

Le Diable stoppa ainsi que sa Bête, elle pour se retourner et méchamment défier l'homme :

— Ne servira à rien, qu'est-ce que tu racontes ? Je vais les tuer tous, je te dis !

Hans se rapprocha d'elle et répondit dans le même ton :

— Ben non, à rien !... à moins que vous n'envisagiez de passer la serpillière après vot' passage !

Les yeux de la Bête, soudainement globuleux, faillirent sauter de leur orbite ! Mais c'est Satan qui sépara les jeunes gens : *« Bon, cessez donc, vous deux ! Et faites silence !... Je dois réfléchir ! »*

La Bête fit volte-face, et croisa les bras comme à l'occasion de ses plus belles bouderies. Hans n'était pas loin de faire de même et, entre les deux *enchamaillés*, le Diable avait posé ses mains sur la paume de sa canne et regardait autour de lui l'effet sanglant de ses emportements, tout en réfléchissant tout haut :

— Décidément, je ne me ferai jamais aux contingences du temps... Contrairement aux enfers, sur le Carrousel *ici-haut*, il y a toujours un "lendemain", et ce fichu *destin*, même âprement interrogé, qui ne trahira jamais d'infidélité, pfff... Voilà que tout ce qui est *aprévisible* en bas, devient *imprévisible* ici...*Ach du Scheiße man !*

Alors, il se tourna vers Hans et il pointa sa canne vers lui, en levant le menton :

— Malin comme tu l'es, l'homme, je suis sûr que tu penses à quelque chose, n'est-ce pas !

Hans restait interdit. L'idée en question —s'il en avait eu une— eh bien elle avait pris corps quand il était encore en face du général Guibert, et depuis lors, elle s'était insinuée dans les replis de son cortex en souffrance comme une araignée dans la fente d'un bord de fenêtre quand paraissent les oiseaux. Et c'est de cette resserre qu'en fermant les yeux, il essayait en fouillant férocement, de lui redonner corps et forme... Mais alors qu'il était perdu dans sa quête, la Bête s'interposa :

— Maître non ! Moi, je peux m'en charger !

Mais Hans avait enfin trouvé ! Aussitôt, il écarta alors ostensiblement la Bête avec le dos de sa main et s'avança :

— Oui j'ai une idée ! Moi aussi, je peux faire comme vous, et même pire !

— Pire que moi... Ah ah ! riait la Bête, en es-tu seulement capable ? Les osselets de tes misérables doigts se briseraient au premier coup que tu porterais sur ces gens !

— Sauf que je n'ai pas besoin de faire la bête pour faire le monstre, moi... postillonnait-il à son endroit, vous allez voir ce que je peux faire quand je m'y mets !

Elle faillit éclater, « *Oh, non mais...* » avant que Satan ne mette fin à l'escalade :

— Silence, silence vous deux !... Du calme... Allez, accouche l'homme, quelle est ton idée ?

Hans articula alors lentement :

— Ça n'est qu'une idée, et je ne voudrais pas m'avancer trop. Mais je pense à un... truc qui ferait qu'il ne resterait plus rien de cet endroit.

— Plus rien ? fit le Diable en plissant les yeux.

— Plus rien !

— C'est que c'est immense ici, fit Satan, dubitatif, qui laissait virevolter son index autour de lui, je ne te savais pas à ce point spécialiste du vide !

— Si mon idée est bonne, répondit Hans avec un petit sourire, il ne restera rien de ce complexe militaire, plus aucune trace de votre passage, rien que de la poussière !

Le Diable se prenait le menton pendant que la Bête haussait très exagérément les épaules *« De la poussière maintenant, pfff ! »*

* * *

« La première chose à faire, c'est de descendre au dernier étage du sous-sol » avait indiqué Hans. Satan les avait enjoints —le mot est faible— de travailler *de concert*. Et c'est donc à contrecœur, et séparés de plusieurs mètres, qu'ils avançaient tous les deux dans un large et sombre souterrain du complexe militaire, à la recherche de ses ascenseurs.

Sur leur chemin, aucun garde, aucun contrôle... Toutes les portes étaient ouvertes, et les rares employés qu'ils croisaient paraissaient tous saisis d'effroi : apeurés, ils couraient dans tous les sens, avec l'espoir viscéral, mais vain, de se sortir encore vivant ce qui paraissait bien être leur cauchemar !

C'est que le complexe était loin d'être un endroit désert : plusieurs centaines de militaires, ingénieurs et ouvriers y œuvraient quotidiennement. Mais parmi eux, dorénavant, il y avait aussi des dizaines de *Bêtes* qui hantaient ses couloirs pour une chasse à mort où il fallait tuer... tuer tout le monde, sans relâche, et surtout sans aucune pitié.

Les antres du centre militaire étaient en train de devenir l'enfer sur terre. La Bête le savait bien, elle qui, qui bras croisés dans le dos, avançait en tapant bruyamment du talon sur le sol pendant que Hans, le visage sombre, repassait dans sa tête l'autopsie pre-mortem de son plan machiavélique.

Plusieurs fois, ils croisèrent les semblables de la Bête : lâchées à tous les étages comme une armée de fauves dont la seule proie était la *Vie*... Ils en voyaient les ombres au fond des couloirs, ils en entendaient les pas de course et les rugissements ; ils les croisaient aussi, lancées telles des fusées jetées sur la vie qu'il fallait prendre à coup de crocs, de griffes ou par les pires mutilations.

Les Bêtes couraient à des vitesses hallucinantes : ces femmes avec des griffes, ces monstres à tête de femme qui galopaient plus rapides que des guépards, plus implacables que des rapaces fondant du ciel. Les corps de leurs victimes étaient alors projetés en l'air, catapultés contre les murs, saignés, ou bien simplement abandonnés au sol dans leurs jets de sang.

La mise à mort était plus fulgurante que l'éclair, plus certaine qu'une balle de fusil, plus infaillible qu'une décapitation. Parce que seule la mort comptait pour la Bête qui n'était en rien un prédateur se rassasiant de la viande de ses victimes, de leur sang ou de leurs souffrances. Non! La Bête ne faisait que délivrer la mort. Elle tuait en coupant d'un coup d'un seul —et d'un geste si rapide qu'il était presque invisible—, les haubans de la vie corporelle, les liens charnels entre le corps et son âme. Alors dès que l'artère était sectionnée, dès que la fin inéluctable était en marche, la voilà qui bondissait vers sa prochaine proie en abandonnant sa victime qui agonisait dans ses derniers spasmes.

Il n'y avait pas pire *"arme"* que la Bête! Et ce que la vélocité de ses jambes, des dents acérées et des griffes tranchantes n'arrivaient pas à faire, son nombre y suppléait largement. Les perfides politiques ou leurs généraux machiavéliques qui l'avaient envisagée comme telle, avaient la confirmation de leur intuition... à leurs dépens!

En effet, plus Hans et sa silencieuse *compagne* s'enfonçaient dans les couloirs, plus les murs de leur descente étaient repeints de rouge, plus le sol était jonché de cadavres inertes, quelques rares qui se traînaient encore par terre ou bien seulement animés de derniers soubresauts.

Ne restaient que d'obscurs bruits de pas, de fuite ou de poursuite; quelques cris rapides, et puis, après l'écho qui se perdait dans le noir, un silence de mort.

La Bête qui marchait fièrement à quelques mètres de Hans, tout en le regardant du coin de l'œil et avec un petit sourire à la commissure des lèvres, savourait, devant l'homme, ses démonstrations de force, de puissance et de pure violence de Bête qu'elle était, et qu'elle revendiquait d'être.

* * *

Dans le mutisme de sa pensée, Hans était maintenant en proie à des sentiments contradictoires : devant le spectacle qui défilait sous ses yeux, il ne pouvait réprimer un profond sentiment de malaise, de dégoût, et d'horreur... Mais pour autant et malgré ce spectacle, il n'y avait en lui aucune révolte : depuis ces années qu'il côtoyait le Diable, il avait fait allégeance aux principes du *maître*, à sa morale —même s'il n'en avait pas— et à son *placitum*.

Bien sûr, Hans avait gardé ses convictions, communes à tous les hommes, dont la première est que la mort, qui est attendue par chacun, ne pouvait être assénée par le crime d'un mortel sur un autre, et que la vie ne pouvait être retirée que par une prérogative du hasard, du destin, ou pour dire plus simplement : de Dieu. En l'occurrence, ce jour-là, il avait devant lui l'action de son bras armé : Satan !

Si donc, à ses yeux, il n'y avait aucun *crime*, un double malaise grandissaient néanmoins dans son âme ; le premier était de constater son étrange docilité devant un carnage contre lequel il ne faisait décidément rien... au contraire même, puisque le second de ses tourments était qu'il était en route pour œuvrer, lui aussi, à la destruction totale du bunker... et de tous ses occupants !

Lui, Hans, pas le bras armé de Dieu, mais un simple mortel !

Alors plus il s'enfonçait dans les sombres souterrains du complexe, plus son engagement tournait à l'absurde, il se sentait taraudé au plus profond de son âme... pour sa perte.

Chapitre IV

La bombe

ILS TROUVÈRENT enfin l'un des ascenseurs de l'édifice : un énorme monte-charge, grillagé dont le large plateau aurait pu lever un camion. Hans y commanda la descente pour les conduire une vingtaine d'étages plus bas, au plus profond de cette construction de béton creusée cœur de la montagne.

Dans le brouhaha de la mécanique qui vibrait le long de sa descente, et par-delà le portail et son grillage, les étages défilaient lentement devant leurs yeux. Mais entre Hans et la Bête, le silence qui perdurait était pesant : elle, à quelques mètres de lui, gardait un regard sombre, accroché à la grille devant-elle ; et lui, qui aurait voulu lui dire tant de choses, ne parvenait toujours pas à ouvrir la bouche.

L'ascenseur l'amenait à sa perte, Hans le savait très bien, mais l'idée semblait secondaire, et plus fort que ça, il n'arrivait toujours pas à balayer une vieille et amère poussière qui encombrait ses pensées et étouffait son cœur. C'est que ses lèvres brûlaient de lui dire qu'elle avait tort. Tort d'avoir si brutalement renoncé quand elle avait quitté la forêt cambodgienne sans prévenir. Certes, lui et elle avaient subi tant de revers, mais il avait tout fait pour l'aider et elle l'avait laissé en plan comme on abandonne une vieille chaussure. Des mois durant, il avait dû s'accommoder de la plus brutale et la plus sévère des séparations, sans un mot, sans l'espoir de retour.

Et maintenant qu'elle était là, il la découvrait comme absente, comme si elle avait tout oublié... jusqu'à leur amour. Il se sentait floué, et il s'en mordait les lèvres. Oui, il aurait voulu lui dire qu'elle avait tort... mais à quoi cela leur aurait-il servi maintenant ?

* * *

Les étages passaient, et l'ascenseur descendait encore comme une nacelle de mineurs qui serait allée sonder les limbes, s'enfonçant toujours plus profondément vers son tabernacle.

Sur la plateforme, la Bête, toujours immobile et grognonne, restait droite avec les mains dans le dos, telle un Hercule soumettant Cerbère de son regard le plus sombre. De son côté, Hans, simple mortel et pauvre diable, feignait de porter attention à ce qu'il pouvait voir arriver sur sa droite ou sa gauche, avec des regards mécaniques, mais en fait, sans y porter le moindre intérêt.

Et puis au moment où, enfin, il se décida à ouvrir la bouche, un arrêt inopiné de l'ascenseur l'en empêcha : la plateforme s'était brutalement arrêtée et dans le même temps, la grille s'ouvrait à grand bruit. Devant eux, un groupe de plusieurs hommes et femmes paniqués s'était agglutiné pour faire irruption dans le monte-charge.

Mais quand ils découvrirent la Bête du Diable, trônant devant leurs yeux au centre de la plateforme, bras croisés avec son regard le plus noir, ils poussèrent des cris, reculèrent d'effroi, et s'enfuirent en courant. Très vite, les bruits de leur course s'évanouirent dans les couloirs, pour être bientôt remplacés par des rugissements : ceux d'une Bête qui les attendait quelque part pour un nouveau carnage, aux confins d'un souterrain, au terme de leur existence.

Hésitant, Hans appuya quand même sur le bouton de fermeture de la porte, et l'ascenseur reprit sa descente.

La Bête n'avait pas bougé, elle avait à peine battu un cil. C'est seulement que Hans essaya un :

— N'aurais-tu donc rien à me dire ?

Alors, dans une volte-face animale, la Bête se tourna brusquement vers lui et cria en crachant tel un chat sauvage :

— Non rien !... Il n'y a rien à dire, et tu le sais très bien !

Hans, même sous cette trombe, n'avait pas vacillé. Après tout, sa Bête lui répondait... à sa *tendre* manière, et elle avait utilisé des mots pour elle et lui ! Alors, et le plus calmement possible, il lui répondit :

— Non je ne le sais pas.

La Bête était revenue à sa première posture, face à la grille, et roide comme un marbre antique !

— Je suis venue faire mon travail et je vais repartir, dit-elle à nouveau comme une machine.

Hans soupira… et c'est elle qui rajouta encore : « *Et il n'y aura plus jamais de prochaine fois.* » C'était son dernier accord, plaqué des dix doigts sur le clavier, histoire de finir sa fracassante symphonie.

Hans encaissa en fermant les yeux ; en lui, il pouvait même entendre l'arbitre qui comptait les dix coups du K.O., il tremblait du venin de l'adrénaline qui montait dans ses veines. Qu'était devenue sa Bête ? Que restait-il de leurs souvenirs ? Que se passait-il en elle pour une telle fureur ?

Alors son courage se releva ; sur le ring il prit une bonne respiration, et du ton le plus calme qu'il put, lui dit :

— Pourtant tu es là… Et ça me fait très plaisir.

Quelques secondes…

— J'avais juré… J'étais différente.

Mais encore une fois, l'ascenseur s'arrêta : la porte grillagée s'ouvrit comme précédemment et le même scénario se produisit : un groupe d'hommes et de femmes terrifiés, ceux-là déjà couverts de sang, et dont beaucoup, déjà blessés, se soutenaient mutuellement… puis leur déroute quand, à leur tour, ils aperçurent la Bête.

Et une nouvelle fois, c'est Hans qui commanda la fermeture de l'ascenseur, faisant corps avec cette machine brinquebalante qui n'en restait pas moins imperturbable au séisme qui secouait son for intérieur.

Et puis, dans le calme relatif de la descente, c'est la Bête qui reprit la parole :

— Oublie-moi, dit-elle comme un conseil, ton monde, je le déteste.

— Vraiment ?

— Tout ça n'était que du rêve. Ton monde ne vaut pas mieux que le mien en bas !

Hans fit un petit pas vers elle :

— Évidemment puisque tu en reçois le pire... du pire... Je sais que tu as essayé qu'il en fût autrement, et c'était vain, mais je t'admire pour ce que tu as essayé de faire avec moi.

Une dernière fois, l'ascenseur stoppa, plus brutalement encore que les fois précédentes, et ses grilles s'ouvrirent devant un couloir vide. Ils avaient atteint l'étage le plus bas du complexe militaire. Mais dans le silence qui suivit le dernier écho renvoyé par le puits de descente, ni l'un ni l'autre ne se décidèrent à sortir du monte-charge.

C'est la Bête qui dit d'abord :

— Mais c'est fini tout ça. Je vais tous les tuer... Parce que je suis la Bête.

Hans baissa les yeux, alors qu'elle s'éloignait en faisant ses premiers pas dans un nouveau dédale de salles blanches. Il fallait la rattraper, et pas comme ce pantin de marionnette accroché à ses filins d'acier, pas comme un joli cœur ; il fallait la rattraper sur son chemin à elle, sur ce chemin violent des limbes et du sang. Puisque c'est là que sa Bête allait, lui aussi devait y aller, suicide ou pas !

Alors, à-dieu-vat, il l'interpella d'une voix de tribun :

— Tu te trompes ! Cette fois, c'est moi qui vais finir le travail : c'est moi qui vais les anéantir tous.

Il tremblait encore d'avoir signé son arrêt de mort... pour elle, qui s'arrêta... et tourna lentement sa tête vers lui par-dessus son épaule ; il y eut de longues secondes dans l'affrontement de leurs regards, et puis, comme un sourire sur ses jolies lèvres qui dirent enfin :

— Je voudrais bien voir ça !

* * *

Longtemps, ils avancèrent dans d'interminables et larges couloirs entre de magnifiques et spacieux laboratoires, aux larges et hautes verrières, rutilants des meilleurs matériels et inondés d'intenses lumières blanches. À plusieurs centaines de mètres sous la terre, ce dernier étage recelait ce qu'il se faisait de mieux en matière d'expérimentations militaires en tout genre.

Mais tout semblait avoir été abandonné à la hâte : chez les chimistes, les cornues bouillonnaient de liquides étranges et de vapeurs douteuses ; chez les physiciens, les voyants des appareils de contrôle avaient viré au rouge ; ailleurs, les alarmes bipaient sans défaillir, et plus loin encore, les sprinklers gouttaient dans des labos inondés où plusieurs feux s'étaient déclarés.

Le seul signe tangible de ce qui s'était passé les instants d'avant, était ce rouge sang qui maculait les vitres, les sols et les plafonds, ainsi que les cadavres dans les salles et les couloirs.

Et puis un bruit furtif se fit entendre, alors, dans une irrépressible pulsion de violence, la Bête partit à grandes enjambées, laissant Hans seul poursuivre sa quête. Quelques secondes plus tard, il pouvait entendre des cris aux détours d'un couloir. Puis le silence revenait... avec la Bête, du sang jusque sur la joue.

— On cherche quoi au juste ? demandait-elle alors comme si de rien était.

Hans ne répondit pas tout de suite ; il s'était arrêté devant une porte vitrée, la dernière pièce au bout d'un large couloir. Il examinait silencieusement l'intérieur de la salle, et finit par répondre en tendant le doigt : *« Je crois qu'on cherche ça ! »*

* * *

— Qu'est-ce que c'est, demanda la Bête, une fois qu'ils furent rentrés.

Dans ce large espace, singulièrement haut et spacieux, trônait un énorme cylindre noir posé sur un robuste chevalet de poutres d'acier. La chose était massive : un tube d'acier qui aurait pu contenir un homme. Il était évident que l'objet était encore en préparation : il était ouvert à l'une de ses extrémités, et un appareillage complexe d'appareils de mesure et d'armoires électriques était encore actif autour de lui.

Ça semblait être quelque chose d'important : le labo était immense, des dizaines de mètres d'appareils de mesure en tapissaient les murs, des combinaisons spéciales avec leur masque pendaient à leur cintre ; et du plafond, pendaient tout ce qu'il fallait de treuils, de chaînes, de câbles et de tuyaux pour perfuser l'étrange machine.

Rassuré de ce qu'il voyait, Hans répondit enfin positivement :

— C'est une bombe atomique. Le Général Guibert m'avait dit qu'elle était quasiment prête.

***

Tous deux entrèrent dans le hall désert. Hans s'approcha d'une table de mesure et s'empara d'un des nombreux appareils à cardan qui attendaient là. Il le dirigea vers le cylindre en manipulant ses quelques boutons rotatifs, et il en sortit aussitôt le crépitement caractéristique des compteurs Geiger... Le crépitement se mua même en un sifflement puissant quand il approcha l'appareil de l'extrémité ouverte du tube.

Par réflexe, il recula :

— Elle est chargée de son uranium! Il ne manque plus que la charge explosive.

La Bête eut un sourire :

— La charge explosive manque ? C'est donc une coquille vide ton *exterminateur*!

Hans reposait le compteur, tout en cherchant activement autour de lui :

— Je veux dire : la charge explosive du détonateur. À l'intérieur de la bombe, il y a deux blocs d'uranium qui vont être lancés l'un sur l'autre à la vitesse d'un boulet de canon. Cette collision provoquera une explosion atomique, de quoi remplacer ce bunker enterré par un trou béant dans lequel tout aura fondu... Mais pour que les deux blocs s'écrasent l'un sur l'autre, il faut une charge explosive, de la dynamite par exemple, c'est ça le détonateur.

— Ah ah ! Et sans ça, tu ne peux rien !

— Oui, et il manque aussi un minuteur, rajouta-t-il en fouinant tout autour de lui. Mais je vais trouver tout ça, c'est bien un centre militaire non ?

La Bête pouffa :

— J'en déduis que je vais devoir me charger moi-même de ton travail d'extermination, comme prévu au départ et...

Mais Hans coupa sèchement en levant dédaigneusement le bras :

— C'est ça ! Va alors, et amuse-toi si tu veux !

Un satisfecit qui rendit la Bête rouge de colère. Mais Hans ne la regardait déjà plus, feignant de s'occuper à ses recherches de matériel.

Mais évidemment, dans son dos, il entendait la Bête enrager, piaffer, et quitter la pièce en claquant la porte, pour courir à pas lourd dans les couloirs et passer sa colère sur de nouvelles victimes.

* * *

Plusieurs minutes plus tard, Hans était toujours affairé à sa *bombe* quand il vit revenir sa Bête glissant par-delà la vitre comme un fauve, rouge de sang, et un... bras humain dans la gueule, du moins ça y ressemblait bigrement.

Elle rentra, et avec dédain, cracha le *morceau* sur la table où Hans, en digne ingénieur, était occupé à ses soudures qu'il opérait avec une maîtrise allègre... Il ne leva même pas les yeux quand il demanda.

— Déjà rassasiée ?... Il n'y a plus personne à bouffer ?... Ça m'étonnerait : j'ai vu quelqu'un passer en blouse blanche tout à l'heure, il s'est peut-être caché dans un frigo là-bas... tu devrais aller voir !

— Ahhh lâche-moi, cria-t-elle en tapant d'un poing griffu sur la table.

— Oh là ! Attention, fit-il en levant ses mains chargées, c'est que ça peut exploser tout ça !

— Ton truc ?... Peuh, c'est un jouet !

— Eh bien, tu vas voir, répondit-il posément en lui souriant enfin.

Elle respira profondément, peut-être dans l'espoir de se calmer, ou bien seulement, de ne plus rien rajouter à leur animosité réciproque. Elle consentit enfin à se rapprocher de lui, et à demander plus posément :

— Tu... tu as donc trouvé ce qu'il fallait ?

— Ouaip : dix kilos de dynamite... Ça devrait suffire, et j'ai aussi un minuteur !

Avec quelque curiosité, elle se pencha vers la table. Alors, sans lever le nez de ses soudures, Hans allongea le bras pour tirer une chaise juste à côté de lui —elle s'y assit calmement—, et il lui déposa dans les mains un étrange réveil à cadran circulaire avec sa flèche pivotante.

— Un minuteur de... machine à laver ! rajouta-t-il avec une pointe d'ironie.

— De machine à laver quoi ?

— ...à laver le linge ! Je pense que quelqu'un l'avait apporté ici histoire de le bricoler, j'adore ces scientifiques à la bricole qui font autre chose que leur job dans leur labo !

Et pendant de longues minutes, avec la Bête à ses côtés, à qui il expliquait tout son travail, Hans fit ses ultimes soudures, posa ses derniers fils qu'il relia à une petite batterie... Et enfin, très précautionneusement, enfonça un tube de fulminate dans l'un des bâtons de dynamites que la Bête tenait fermement pour lui.

Puis, il connecta le tout au minuteur et installa l'ensemble au fond de la bombe en disant avec gouaillerie :

— Mon *jouet* est prêt ! Il ne reste plus qu'à sceller la bombe avec son couvercle.

La Bête avait penché son visage dans le trou :

— Si ta dynamite explose là-dedans, ça devrait faire assez de dégâts non ?

— Non, les effets de l'explosion doivent rester confinés dans le cylindre pour que les deux blocs d'uranium se fondent l'un dans l'autre au point d'atteindre la masse critique. Si on ne ferme pas le couvercle, la pression de la déflagration s'en échappera et l'explosion atomique ne s'amorcera pas.

La Bête opina très favorablement à toutes ces explications, mais Hans, les mains sur ses hanches, plissait des yeux en regardant son montage : *« Mais on a quand même un problème ! »*

* * *

Elle se tourna vers lui en arrondissant gentiment les sourcils. Il poursuivit en pointant du doigt l'intérieur de la bombe :

— Le problème... c’est qu’avant de fermer la bombe, on va devoir lancer la minuterie que j’ai placée... dedans ! Et à partir de ce moment-là, il va falloir aller très vite : insérer le couvercle qui est là, le boulonner...

Pas de problème pour la Bête qui acquiesçait déjà.

— Et puis, continuait d’égrener Hans, il faudra remonter tous les étages du complexe en ascenseur. Il faudra aussi sortir du bunker et nous éloigner à plusieurs kilomètres de cette montagne, sinon on se retrouvera au cœur d’un véritable volcan !

La Bête sourit :

— Bien... et on a combien de temps ?

— Euh, je ne sais pas trop, répondit-il en se grattant sa barbe naissante, le temps d’une lessive !

— Une lessive ?

D’une main hésitante, Hans saisit le cadran du gros minuteur bardé de fils, et il tourna à fond le petit appareil qui partit aussitôt dans un lancinant cliquetis...

— Ça va péter sur *essorage* !

* * *

Comme Hans l’avait annoncé, avec la Bête, ils se précipitèrent dans une course contre la montre !

La première chose à faire était de lever le lourd couvercle d’acier : un épais disque pesant bien son quintal. Et rien ne fut plus difficile que de l’accrocher au treuil et de le positionner à la bonne place en bout du cylindre noir.

— Tu sais, disait Hans en tirant de toutes ses forces sur les chaînes du treuil. Tu n’as rien à te reprocher pour notre expédition au Cambodge !

La Bête tirait et poussait avec lui; à eux deux, ils avaient toutes les peines du monde pour déplacer et pousser à l'épaule le bloc plus lourd que la fonte, plein de graisse... et bientôt de leur sueur.

— Tu ne sais pas ce que j'ai vécu, disait-elle d'une voix forte alors qu'elle appuyait de toutes ses forces pour faire avancer le disque et rouler la poulie du plafond, dans mes bras, j'ai senti la vie de ces enfants qui s'en allait, tu comprends ? Leur vie !

Mais rien dans leur entreprise improvisée n'était facile : les pièces résistaient, le treuil ne voulait plus monter, la poulie semblait bloquée, et en définitive, le couvercle ne voulait pas s'emboîter dans le corps de la bombe, Pire, il retombait lourdement au sol dès que l'un d'eux relâchait le treuil.

— Je sais bien tout cela, disait Hans en s'élimant la peau des mains sur les chaînes, ça n'est pas ton échec, il est tout autant le mien.

Les minutes passaient et rien n'allait à la bonne place : « *Mais ça ne rentre pas !* » criait la Bête. « *Pousse, ça urge !...* » colérait Hans, alors qu'elle, usant de toutes ses forces déjà surnaturelles, tapait sur le couvercle en s'énervant encore plus.

— Sauf que moi, je pouvais les sauver tous, vociférait-elle, tu entends Hans, j'aurais pu faire quelque chose pour eux !

— Mais non, tu ne pouvais rien ! Tu me l'avais dit et c'est toi qui avais raison : ces enfants avaient besoin de tes bras, pas de tes griffes.

Et elle frappait sur le couvercle, tapait de ses poings en rageant, comme on tambourine sur une porte de prison.

— Ahhh... Eh bien, j'aurais dû sortir mes crocs et mes griffes, voilà tout. C'est ça que j'aurais dû faire !

Et avec fureur, elle jetait ses épaules contre le bloc d'acier, lançait tout son corps contre l'airain, à s'en arracher des larmes.

— Non, lui disait-il encore, alors qu'il s'était saisi d'une énorme masse pour l'abattre avec rage sur le couvercle bloqué, c'est toi... qui avais raison... de refuser... quand je t'avais demandé de devenir Bête. Et c'était une grave erreur de ma part de te demander ça : je ne voulais toujours pas te voir telle que tu es, telle que tu es réellement au fond de toi... et il faut me pardonner !

Pour la première fois, elle leva vers lui des yeux humides, et qui brillaient d'une autre lumière.

Dans le cœur de la bombe, la minuterie égrenait les cycles d'une lessive infernale, pendant qu'au-dehors, Hans et la Bête frappaient, cognaient tant qu'ils pouvaient, de rage de fureur et de leurs larmes...

* * *

Et c'est peut-être à l'eau de leurs souffrances, que les deux blocs de métal finirent par s'emboîter d'un seul coup l'un dans l'autre.

Hans eut enfin un sourire : « *Ah ben voilà !* » mais derrière lui, la Bête pleurait : « *Ils sont morts... c'étaient des enfants.* »

Hans lui prit les épaules : « *Je vais finir... fuis, il faut sortir maintenant !* » Puis, sur la table, il empoigna les longs boulons d'acier ainsi qu'une lourde visseuse pneumatique qu'il utilisa comme une mitrailleuse en bandoulière pour sceller le couvercle.

Et dans le bruit de tonnerre de la machine infernale, il lui criait encore :

— Mais pars, va-t-en !

Mais elle avait rentré sa tête entre ses épaules. Elle le voyait, torse-nu, en sueur, toussant de la poussière jusqu'ici avalée, couvert d'hématomes et maculé de graisse, qui s'acharnait avec la lourde visseuse dans les bras, saoul de rage et à s'en faire péter les dents. Un à un, il enfonçait les gros boulons d'acier, jouant de ce… truc qui ressemblait plus à une mitrailleuse de GI qu'à un outil de mécanicien… lui aussi donc.

Elle ne bougea pas jusqu'à qu'il eût terminé de sertir les dernières vis ; une de plus et il allait cracher un lambeau de son poumon ! Mais la bombe était maintenant hermétiquement close.

Il abandonna son outil et se tourna vers la Bête. Elle non plus n'en pouvait plus, à terre sur ses genoux, elle se prenait le visage dans les mains :

— Je hais ce monde Hans, je suis une Bête, mais je hais toute cette violence dont je suis l'esclave !

Il s'agenouilla devant-elle, et de ses bras tremblants gorgés d'acide, il la prit par les épaules, elle qui n'était pas dans un meilleur état que lui, dépeignée, couverte de graisse, de plaies et de suie, un chemisier déchiré par les chaînes ou arrachés par le crochet des treuils qui ne s'étaient pas contenté de lui déchirer les vêtements.

— En bas, tu connaissais la bassesse des hommes, tu découvres toi-même la vanité de cette humanité !…

Allez, viens, partons d'ici, ce monde que tu détestes, ce monde de violence, c'est moi-même qui vais le faire exploser !

Il la serra contre lui. Elle soupira profondément et posa sa main sur la sienne, et tous les deux, ensemble dans leur aliénation réciproque, sortirent en laissant dans leur dos l'énorme bombe, rejeton de leur mutuelle violence, irrémédiablement programmée pour exploser et déclencher son feu nucléaire au plus profond du bunker.

* * *

Dans l'ascenseur qui les remontait vers le niveau zéro, la Bête, se tenait toujours prostrée face à la porte, cette fois, la main sur le grillage. Elle demanda doucement :

— Au fait, Hans, ça dure combien de temps une lessive ?

Lui se tenait à ses côtés, tous ses regards pour sa Bête.

— Ben, une lessive à l'allemande, c'est un peu plus d'une heure, mais à l'américaine, je n'en sais trop rien.

L'ascenseur était lent. Ça faisait déjà trois fois qu'il s'ouvrait sur quelques hommes ou femmes impatients de quitter leur *enfer sur terre*. Mais cette fois, c'est la Bête qui prenait l'initiative de les chasser —il lui suffisait d'apparaître— puis de se précipiter pour appuyer sur le bouton de fermeture des portes.

— Et ça n'a pas l'air de t'inquiéter ? rajouta-t-elle un peu après, tu sais que moi, je ne risque rien.

76

— Je sais.

— ...tandis que toi...

Il eut un petit rire :

— N'as-tu pas compris qu'avec ce que je fais, je risque d'aller en enfer ?

Elle se tourna vers lui, ses yeux comme des mains ouvertes. Il poursuivit :

— Peut-être que là, au moins, je serai auprès de toi.

Chapitre V

La curée

L'ÉTAGE SOMMITAL de tous les monte-charges du complexe militaire, n'était qu'un immense parking : sur une étendue de trois ou quatre stades de foot, cet espace lugubre, à la lumière fantasmagorique et au plafond singulièrement bas, était le monde des clameurs et des échos ; comme des poissons dans leur aquarium, chaque bruit détalait pour nager d'un bout à l'autre de son éther. Chaque claquement de portière, chaque éclat de voix laissait filer des civelles sonores qui se dispersaient entre les piliers d'une forêt de varech en béton, jusqu'à se noyer d'épuisement ou se perdre au fond d'une nasse.

Le parking pouvait accueillir des centaines de véhicules. Il y en avait une kyrielle, déjà garés là, dont leurs occupants étaient en passe de se faire enfermer ici pour l'éternité.

S'il n'y avait que la lumière blafarde de quelques néons accrochés aux plafonds du parking, dans l'allée centrale trônait une longue *Le Baron – Imperial* qui attendait tous feux allumés. Et dans l'ombre de ses puissants phares, se tenait le Diable appuyé, sur sa canne, en conversation avec un autre homme au long manteau.

— Il est là-bas, disait la Bête, en montrant à Hans la silhouette de son maître loin devant eux.

* * *

C'est qu'après une longue remontée en ascenseur, maintes fois interrompue depuis le fond du bunker, Hans et la Bête étaient enfin sortis du monte-charge. Mais le parking était si grand, qu'il leur fallut encore une longue minute entre la marche et la course pour parcourir l'énorme distance qui les séparait du Diable.

En chemin, Hans toujours inquiet de l'heure qui avançait, essayait de repérer les aiguilles de sa montre au verre brisé à la faible lueur des phares de la voiture.

— On a encore le temps ? demandait la Bête inquiète pour lui.

— J'en sais fichtrement rien, répondait-il, j'espère seulement que ça n'est pas une *couleur* !

Dès qu'il les avait aperçus, le Diable s'était avancé vers les jeunes gens, et leur chemin se croisant, il demanda tout de suite à Hans :

— Alors l'homme, as-tu pu faire ce que tu voulais ?

— Oui c'est fait, partons d'ici, répondit ce dernier sans pour autant s'arrêter.

Le Diable, les regardant passer à sa droite et à sa gauche, demandait encore des précisionq sur ce qu'il pensait n'être qu'une des dernières crapuleries de l'homme :

— C'est fait, c'est fait... qu'est-ce qui est fait ?

C'est la Bête qui répondit sans cesser d'avancer à pas rapides vers la voiture :

— Avec Hans, on a programmé une bombe atomique pour exploser bientôt.

Satan leva sa canne comme pour un satisfecit :

— Ah bien ! Très bien les enfants... une bombe atomique, si je m'attendais, bravo !

— Maître, elle va exploser bientôt !

Alors, à son tour, le Diable s'avança gaillardement vers la Chrysler.

— « *Bientôt* » c'est quoi « *Bientôt* » ? elle explose quand votre bombe ?

— Sur *essorage !*

* * *

Arrivant à la voiture, Hans reconnut immédiatement l'homme au long manteau :

— Colonel Roberts !

Celui-là qui avait perdu de sa superbe, la tête rentrée dans les épaules, eut pour Hans un petit :

— Monsieur Jacob, je suis très content de vous savoir vivant.

C'est un Hans particulièrement dépenaillé qui avançait vers lui : après ce qu'il venait de vivre, et même si ses blessures avaient toutes été refermées, il n'avait plus grand-chose d'intact sur le corps. La Bête n'était pas dans un meilleur état : de pied en cap, maculée de ce sale mélange de sang et de cambouis, qui faisait les combattants des siècles modernes. Elle en était la très sale, représentante.

—Je vois que vous avez obtenu quelques faveurs colonel Roberts ! fit Hans avec malice.

Roberts gardait toujours les épaules basses :

—Je ne sais pas... et je ne sais même pas si ce sont des faveurs, jeune homme.

En désignant du menton le Diable qui arrivait sur eux, Hans rajouta : « *Je présume que les "présentations" sont faites ?* ».

—Oh, ne vous inquiétez pas, elles le sont !

Hans ne posa plus de question, que Satan choisisse de sauver Roberts plus que n'importe qui dans ce complexe, ce colonel qui avait participé à son enlèvement —peut-être à son insu, qu'importe—, à cette expédition pour capturer la Bête, relevait de l'insaisissable *bon plaisir* du Diable, et Hans avait depuis longtemps renoncé à savoir le pourquoi du comment de ses choix sibyllins. Alors, avec la Bête, ils se contentèrent d'ouvrir les portes de la voiture dans l'espoir de sortir au plus vite du complexe.

Mais le Diable leva la main :

—Un petit instant... j'attends quelqu'un !

« *Mais qui ça ?* » martela la Bête, en même temps que Hans examinait sa montre en fronçant les sourcils :

—Peut-être faudrait-il aller chercher cette personne parce que...

— Inutile, il arrive, répondit le Diable en portant son regard vers le fond le plus obscur du parking, vers les ascenseurs, où une porte s'ouvrait enfin sur la lumière de la cage.

* * *

Alors, tous regardèrent en silence le spectacle d'un groupe d'hommes affolés qui, tel un essaim d'abeilles, sortaient en groupe serré de l'ascenseur ; des civils en cravate, arme au poing, et lampes torches au poignet dont les multiples jets de lumière virevoltaient dans le noir.

La bonne douzaine d'hommes aux aguets se dispersa avec méthode devant la porte lumineuse de l'ascenseur, et puis quelques signes... un sifflet dans la nuit... et c'est l'imposant Général Guibert qui sortit à son tour, serré de près par ses meilleurs gardes du corps.

À moitié rassuré, le petit groupe se décida enfin à avancer prudemment au cœur de l'immense parking.

Devant la *Le Baron*, le Diable et le Colonel, impassibles, ainsi que Hans qui réchauffait la Bête de ses bras, regardaient en silence.

Du fond du parking la petite armada venait vers eux. Mais en plus du bruit saccadé de leurs talons, arrivait aussi les pas rapides et réguliers des Bêtes : une première, puis une autre à la course légère... de plus en plus nombreuses, encore invisibles, elles faisaient leur apparition sonore tout autour de ces hommes.

Furtives et rapides, leurs ombres dansaient comme une ronde tout autour des gardes, disparaissaient ici, revenaient par là... Jusqu'à ce que tombe un premier militaire : sa chair saignée d'un seul coup de griffe, un cri étouffé sans que personne ne vît la tueuse s'en approcher. Puis un autre qui hurla, quand une même ombre fondit sur lui.

Les gardes du corps firent feu de leurs armes, tiraient sur ces formes des balles qui allaient se perdre au loin, il y eut des éclairs furtifs, répétés, des gerbes d'étincelles, mais sans effet : dès que les échos des coups de feu s'évanouissaient, le lancinant *tap tap tap...* réapparaissait d'un autre côté, d'abord discrètement, s'amplifiait jusqu'au galop et jusqu'à ce qu'un autre homme se vît happé et traîné entre deux voitures comme un chiffon soufflé par le vent.

Les Bêtes frappaient comme des squales au buffet de la *Méduse* : un à un, les hommes étaient emportés ou bien tombaient sous les dents d'un tueur implacable, une ciguë fatale alors que les autres gardes s'agglutinaient toujours plus près de leur Général.

La lumière de leur torche, maintenant tremblante, espérait encore suivre la course folle des pas qui dansaient autour d'eux, comme autant d'aérolithes fondant d'un ciel sans étoiles et qui frappaient d'un coup toujours plus mortel. Si leur victime ne devait pas tomber sur place, mais être emportée, on entendait alors son dernier cri d'effroi déchirer l'obscurité.

Mais le petit groupe armé, toujours plus restreint, arrivait à avancer et s'approchait quand même lentement du seul point lumineux du parking. C'était comme un hérisson de lumières paniquées, comme autant d'yeux d'un animal affolé, qui ne savait plus où trouver son ennemi. Sous leurs torches dansaient les ombres de plus en plus nombreuses, de Bêtes qui accouraient à l'hallali, plus féroces qu'un banc de piranhas...

Ils n'étaient plus que quelques-uns dans un océan de prédateurs.

* * *

Ainsi, un à un, les hommes du général tombèrent... saignés sur place ou emportés entre les voitures. Et quand le dernier fut entraîné, avec ses ses cris noyés dans son propre sang, le général resta seul, paralysé sur place sous les feux de l'*Imperial*.

Immobile, à une petite dizaine de mètres de la voiture, les bras croisés qui tremblaient devant son visage apoplectique, il lui semblait devoir attendre là, le dernier coup fatal qui devait lui être asséné de n'importe où.

Mais la course des Bêtes s'éloignait dans le noir et l'écho de leurs pas se dispersait, jusqu'à s'évaporer ; sauf que, pour une fois, la course ne finissait pas dans un cri, mais dans le silence opaque du parking. Rapidement, il n'y eut plus aucune ombre pour animer la nuit, plus aucun cri pour fendre son silence.

Le Général tremblait encore quand Satan lui proposa :

— Général Guibert, voulez-vous monter avec nous ?

Mais dans l'éclat des feux, le général reconnut dans l'ombre, la silhouette de la Bête, bras croisés et fermement campée sur ses jambes.

— Ahhh ! non non ! cria-t-il en levant encore plus haut la main comme pour se protéger par avance de son

« *arme* », celle-là qu'il avait cru pouvoir posséder et tenir au lasso.

« *À votre guise* » répondit simplement Satan en montant aussitôt à bord de l'*Imperial*.

* * *

La Chrysler bondit quand Hans fit rugir les six litres de son V8. À grand crissement des roues et dans la fumée du caoutchouc brûlé, les pneus abandonnèrent leur gomme sur le sol et l'*Imperial* s'élança. Comme un diable, Hans essayait de maîtriser le large volant de bakélite de son bolide —à défaut de sa trajectoire—. Mais après plusieurs virages, tous purent enfin voir au bout des phares, l'immense porte du bunker qui s'ouvrait lentement par la magie du Diable : un rayon d'un blanc étincelant qui fendait la nuit, s'élargissait et chassait, comme un coup de vent, l'obscurité de l'antre.

La porte fut rapidement gagnée par la Chrysler dont les tours du moteur plafonnaient dans le rouge et dont les pneus ne cessaient de crisser sur le béton trop lisse. Encore quelques zigzags, mais Hans réussit à maîtriser son bolide, et à l'aligner sur la sortie pour franchir en trombe la porte monumentale.

Immédiatement après, alors que la voiture se perdait dans la lumière, les battants de l'issue se refermèrent dans un pesant bruit d'engrenages, et l'obscurité reprit peu à peu ses droits dans le parking... jusqu'à une fente de lumière... puis plus rien.

Ne restait que le général, toujours effarouché par le plus petit écho et dont les genoux tremblaient d'une prochaine apparition de son "arme". Mais ne restait que lui, en l'éphémère compagnie —mais pour un temps seulement— de son âme.

* * *

Un rien bousculés sur la banquette arrière, Satan et le Colonel en appelaient à la conduite hasardeuse de Hans qui prenait, à la vaille que vaille, les premiers virages de la montagne sans relâcher la pédale :

— Hé jeune homme !...

— Sauf votre respect monsieur, répondait-il qui gardait le pied au plancher, l'explosion est imminente et nous ferions bien de nous en éloigner le plus possible.

— Quelle explosion ? demandait Roberts qui s'accrochait des deux mains à la poignée de toit.

— L'explosion d'une bombe nucléaire que nos jeunes gens ont programmée pour exploser bientôt, expliqua Satan.

— Une bombe atomique ? Oh mon Dieu !

— C'est cela même, fit la Bête assise à côté de Hans, et en se retournant vers le colonel, elle rajouta avec satisfaction : *« Et il ne restera alors plus rien de ce lieu ! »*

— Une bombe... je veux bien vous croire mademoiselle, fit en retour le colonel qui s'agrippa encore plus fermement à sa poignée !

C'est que la voiture sautait sur ses suspensions trop souples, d'autant que Hans ne lâchait pas son pied du champignon. Le colonel Roberts les voyait tous qui s'accrochaient à ce qu'ils pouvaient, sans contester du moins du monde les ardeurs de conduite du pilote.

87

Il demanda alors :

— Mais dites-moi, votre bombe-là, c'est quand, qu'elle explose ?

C'est comme un seul homme que le trio répondit : « *Sur essorage !* »

le funambule fou

DERRIÈRE le nuage de poussière soulevé par la puissante *Imperial*, la montagne se faisait, de seconde en seconde, plus petite. Suivant son intuition qui le prévenait d'une explosion imminente, Hans gavait son moteur, coupait ses virages, prenait des raccourcis en plein champ au risque de briser les lames de la suspension et de perdre ses pare-chocs.

— Accrochez-vous, prévenait-il en tant que pilote, à défaut de pouvoir aligner une autre littérature.

Mais glissant sur le cuir de la large banquette, sans arriver à s'accrocher à rien, la Bête s'était retrouvée catapultée dans les bras de Hans, lui qui tentait déjà avec peine de contenir la trajectoire de son bolide sans pour autant céder de sa vitesse

— Hiii, mais Hans!... criait-elle.

À l'arrière, le Colonel, lui aussi, bourlinguait au pied du Diable, qui n'avait d'intérêt que pour son chapeau auquel il essayait d'éviter l'écrasement sur le toit.

L'*Imperial "Le-Baron"* brûlait son huile autant que sa gomme, volait au-dessus des herbes, labourait la terre quand elle y atterrissait, sans dévier d'une ligne —la plus droite possible— qui l'éloignerait toujours plus de la montagne. Quand par hasard, elle reposa ses quatre pneus sur l'asphalte d'une route bien droite, tous poussèrent un soupir de soulagement.

— Oui, à partir d'ici, suivez la route, c'est tout droit! disait Roberts avec satisfaction tout en revenant s'asseoir aux côtés du Diable.

— Tant mieux, grommelait ce dernier, j'ai cru perdre un nouveau chapeau.

Dans son rétroviseur, Hans jetait un œil sur la montagne encore tranquille... mais toujours tellement proche! Elle n'explosait toujours pas... il essayait un rapide calcul mental en examinant les aiguilles de sa montre... Elle devrait exploser... elle aurait dû exploser! Ses improvisations d'artificier, auraient-elles donc échoué?

Il se tourna une seconde vers sa Bête qui semblait elle aussi lui renvoyer la même question. Mais il n'était point temps —ni le lieu— de philosopher sur la pertinence d'un éventuel *Pari de Pascal* : parfois, c'est la ligne droite de la fuite qui l'emporte sur les circonvolutions intellectuelles du philosophe! L'instinct de Hans lui commanda donc d'écraser le champignon de l'*Imperial* qui se cabra pour moissonner sur le ruban d'asphalte encore plus de kilomètres nécessaires à leur sécurité.

***

À bord, le calme était revenu; la Bête était retournée à sa place, se recoiffait, et le Diable caressait doucement le feutre de son dernier haut-de-forme en vérifiant la qualité de ses reflets qui chatoyaient dans la lumière du soir. « *Tout va bien !* » dit-il enfin fièrement en le reposant sur son chef.

Derrière eux, la montagne diminuait effectivement de taille; Hans put enfin souffler, et même porter son regard vers la Bête qui semblait prendre le temps d'apprécier ce nouveau calme ainsi que les boiseries du véhicule. Il lui semblait la revoir, quand elle l'accompagnait sur un *runabout* rapide filant sur les eaux de la Méditerranée. Et comme dans ce souvenir, elle tourna enfin la tête vers lui, pour lui offrir un léger sourire.

Mais soudainement et sans raison, l'*Imperial* s'envola : ses quatre pneus décollèrent et le véhicule poursuivit sa trajectoire dans les airs comme un avion, avant de retomber lourdement sur la route.

« *Ehhh !* » faisait le Diable, dont le chapeau s'était écrasé sur son crâne en s'y enfonçant jusqu'au nez.

Hans s'emberlificotait dans la maîtrise de son guidon. C'est que la voiture partait dans de dangereuses embardées à la limite du tonneau, et pas à cause de la conduite de son conducteur, mais bien parce que le ruban goudronné qui leur servait de route ondulait bizarrement devant eux, comme un ruban de soie dansant

91

au vent, comme une vague d'asphalte qui les aurait pris sur sa crête.

Hans se résolut de freiner de toute urgence, et le véhicule, toujours emporté par une route qui se tortillait comme un serpent, fit un tête-à-queue avant d'immobiliser sa calandre de chrome face à la montagne.

* * *

Il coupa le contact.

Devant eux, ils avaient maintenant le spectacle hallucinant d'une montagne qui semblait vider ses poumons. De partout, elle soufflait de denses nuages de poussière, tout en... s'affaissant sur elle-même !

Comme un immeuble voué au dynamitage, la voilà qui vacillait ; son sommet tournoyait et s'enfonçait dans un souffle de nuées éjectées de son cœur, et qui s'élevaient dans une course folle jusqu'aux nuages.

Devant un tel tableau, tous sortirent du véhicule. Sous leurs pieds, la terre grondait méchamment, et au loin, était le spectacle si fascinant d'une montagne qui s'écroulait sur elle-même en un monstrueux nuage de poussière. Bientôt, elle se recouvrit du linceul de denses poudres blanches, et disparut dans les nuées.

Ne restait qu'un sourd grondement de volcan, et un vent chargé de pruines qui fondait sur eux.

L'assaut ne dura pas longtemps : dans la lumière qui revint rapidement, on pouvait entendre le colonel Roberts qui toussait et le Diable qui pestait après la poussière sur ses vêtements. Hans avait pris la Bête dans ses bras et tous les deux se refermaient sur eux-mêmes dans ce qui devenait une tendre complicité... avant que le Diable ne les sorte de là :

— Voilà, il ne reste rien de notre passage, disait-il en tapota sur l'épaule de Hans, beau travail ! Et bravo pour votre bricolage jeune homme !

Mais ce dernier baissait les yeux : son « *bricolage* » avait fonctionné au point qu'il y avait là-bas la mort de centaines d'innocents... Un massacre dont il était l'artisan. Cette main de Satan posée sur son épaule lui parut, tout d'un coup, être un blanc-seing pour un aller simple aux enfers. C'est comme s'il venait de lui dire « *Bienvenue parmi nous !* »

Il se sentit défaillir !... Peut-être dans l'espoir de s'échapper des griffes de Satan et d'aller partager le sort de ses victimes, il s'avança droit vers la montagne, d'où finalement, il se retourna avec colère :

— « *Beau travail ?* » non mais vous avez vu le résultat ?

— Justement, répondit le Diable avec une moue de satisfaction, j'aime bien le résultat comme tu dis !

De l'autre côté de la voiture, le Colonel Roberts se prenait le menton :

— Je vous comprends, jeune homme, c'est qu'il y a des centaines de morts là-dessous !

— Oui, sont-ils bêtes ? fit encore Satan avec de l'énervement dans la voix, fallait pas être là !

Hans soupira en baissant le regard et en se pinçant les lèvres comme dans un bouillonnement de son cerveau. Alors le Diable mûrit quelques pensées et se rapprocha doucement de lui.

— Dis-moi l'homme, demanda-t-il avec quelques gentillesses dans la voix, tu connais l'histoire du funambule fou ?

Hans plissa les yeux, les épaules basses : « *Quoi ?... Mais... Non, je ne sais pas, je...* »

Le Diable se tourna aussi vers le colonel Roberts pour partager l'anecdote :

— C'est un fou qui veut traverser un précipice en marchant sur un fil. Il demande au sage qui regarde le fond du trou avec lui : "Vais-je tomber ?" Le sage répond avec assurance "Non", alors le fou s'élance sur le fil. Évidemment, il tombe, et furieux, il tend son poing vers celui qui lui a donné un conseil aussi imbécile. Mais du fond du précipice, c'est le sage qu'il aperçoit maintenant en train d'entreprendre lui aussi la traversée sur le fil !

Il posa de nouveau sa main sur l'épaule du jeune homme :

— Mon Hans, ton sage, ton devin, tes boules de cristal, tes ordinateurs et tes experts, ne seront jamais moins fous que le fou !

— Intéressant, fit Roberts en croisant les bras, mais alors, qui sont les vrais sages ?

— Je ne sais pas colonel, mais certainement pas celui-là qui se tient bêtement au bord du précipice !

* * *

C'était loin de détourner Hans d'un immense sentiment de culpabilité, il n'écoutait qu'à moitié. « *Excusez-moi* » dit-il alors, et il s'éloigna, quittant la voie goudronnée, pour entrer dans les hautes herbes d'une prairie qui remontait depuis la route.

Tout droit, il marcha comme un zombie : chaque pas était un mort de plus sur ses épaules, et jusqu'à faire dix fois le chemin pour arriver en haut de la colline, il n'en aurait pas épuré le nombre de ses victimes ; chaque pas dans les herbes était une vie retirée à l'existence terrestre, par sa faute, par sa descente aux extrêmes avec la Bête. Il l'avait accepté comme un défi, comme un jeu avec elle, un jeu terrible dans l'espoir de la rejoindre, même sur son propre terrain.

Mais à ce jeu, seule la suprême *Violence* l'avait emporté : c'était donc loin d'être un jeu à somme nulle.

Et puis, lui seul était encore vivant, quelle injustice pour tous ces morts alors qu'il aurait dû être la première et l'unique victime de cette machination : parce que lui, une fois mort au pilori de ces *guignolitaires* sans jamais que la Bête intervînt, cette petite expérience ridicule aurait avorté comme un pétard mouillé : les politiques en col blanc se seraient moqués du général Guibert et de son équipe de branquignols en blouse. Le Diable et sa Bête seraient sagement restés dans leur chez-soi-bien-tranquille, Guibert aurait été promus en pré-retraite : la dernière ligne du bilan aurait été vide, c'est-à-dire : un bienfait pour l'humanité.

Mais là... quel désastre !

Tout en dévidant les pages de cette sombre chronique Hans remontait d'un pas lourd la pente d'une pâle colline qui surplombait la route, foulant au pied les hautes herbes de ces montagnes arides, et qui n'étaient pas sans ressembler aux herbes sèches des coteaux galeux des enfers. S'il se sentait vivant, il avait l'impression que son âme était déjà en route pour là-dessous.

Alors pourquoi cette intervention de Satan ? Pourquoi toutes ces destructions, ces massacres alors qu'une seule mort —la sienne— aurait suffi ? Du sort, voilà que sa vie devenait un faix écrasant *« alors qu'un petit coup de pointe serait venu à bout de tout cela ! »* se disait le nouvel Hamlet.

Hans s'assit contre le tronc abandonné d'un vieil arbre qui, depuis longtemps déjà, avait perdu son écorce, et se prit la tête dans les mains.

* * *

La Bête arriva à son tour, et s'assit au-dessus de Hans sur le tronc mort. Elle avait un visage tourné vers la montagne qui sombrait dans son linceul blanc.

— Pourquoi êtes-vous venue ? lui demanda Hans, et comme elle se contentait de lever les sourcils, il précisa encore : *« Pourquoi vous et le Diable, êtes venus me sauver ? Regardez le résultat, non mais regardez ça ! »*

Au loin n'était plus qu'une vague de poussière qui descendait lentement de ce qui restait de la montagne, comme de l'eau inondant les vallées, recouvrant tout d'un voile blanc de mort. Au centre, un cratère émergeait ; la montagne s'était effondrée sur elle-même dans un amoncellement définitivement inextricable de roches et de ce qui restait du complexe militaire. Par peur des radiations, personne ne viendrait jamais creuser là-dedans, et l'endroit se voyait *de facto* condamné, et fermé pour l'éternité.

Mais la Bête ne répondait toujours pas, alors Hans rajouta :

— En plus, à quoi servait-il de me sauver, puisque me voilà perdu. Vous auriez dû me laisser.

— C'est effectivement ce que voulait le Maître, finit-elle par dire en venant poser sa main sur son collier de pierres noires.

En arrondissant les sourcils, Hans leva vers elle un regard interrogateur : *« Il voulait... me laisser ? »*

Elle avait le regard perdu au loin, dans les cendres de la montagne. Mais elle tourna lentement les yeux vers lui en inclinant doucement la tête :

— Oui, c'est ce qu'il voulait, et tu sais que je n'aurai jamais accepté.

Hans sentait bien qu'il était plus que temps de réduire cet espace de rage entre lui et elle, ce champ sauvage où leur fougue pouvait prendre tellement de galop. Il tendit la main vers elle, avec un petit *« Venez... »* des doigts, pour l'inviter à s'asseoir dans les herbes à ses côtés.

Depuis la souche, elle se laissa glisser sur le sol et se blottit contre lui en posant sa tête sur son épaule. Elle ferma les yeux.

— De vous à moi, lui demanda-t-il doucement, il n'aurait pas pu arranger les choses autrement, trouver un autre moyen ?

Elle leva le regard vers lui, il y avait comme le reflet d'une larme qui mouillait ses jolis yeux :

— Mais Hans, c'est *moi* le moyen de ses arrangements !

***

Il l'enlaça et la serra tout contre lui. Au loin, dans un dernier souffle, la montagne finissait d'exhaler son ultime râle. Une brise chaude revenait du sud, portant les effluves des coteaux aux herbes sèches, chargées du pollen des chardons, et de la douce odeur des blés sauvages.

Avec des gestes lents, la Bête vint se mettre à genoux au côté de Hans ; les mains sur les cuisses, ravalant sa salive et prenant une bonne inspiration, elle dit posément :

— Hans, je peux te demander... ce que tu m'as dit tout à l'heure, que si tu devais mourir dans l'explosion c'était pas grave parce que tu serais avec moi... C'était vrai ?

Il tourna la tête vers elle :

— Rien n'est plus vrai.

— Sauf que tu irais au Paradis, pas aux enfers.

Du menton, il désigna la montagne maudite :

— Vraiment ?

Doucement, elle récitait la leçon :

— Hans tu sais très bien que les enfers ne sont pas une sanction : tu vas où ton âme te conduit.

Il respira profondément :

— Mais quand comprendrez-vous que mon âme me conduit à vous ?

— À... moi ? arrivait-elle à peine à préciser.

Il répondit par un léger sourire. Alors c'est elle qui tendit son visage vers ce qui restait du complexe militaire et de ses occupants massacrés, pour dire avec quelque hésitation :

— Pourtant, vous... vous m'avez vue.

— Vous aussi.

Certes, en matière de monstruosité, la poussière qui tombait de la montagne autour de leur *podium* rendait difficile la distinction du gagnant au concours de l'extermination, du suprême champion de ce massacre. Mais peut-être, Hans n'avait-il pas vraiment compris ce qu'elle voulait lui dire. Alors elle précisa encore une fois :

— Vous m'avez vue... réellement, et au Vietnam aussi... tout comme d'autres, qui ont bien vu que je ne suis qu'une...

Il l'interrompit :

— Je vous ai vue telle que vous êtes... Et mon erreur trop souvent, a été de croire que je n'étais pas digne de vous, moi, le petit homme de rien de tout qui, quand il essaye de s'élever à votre hauteur, fait de si grosses bêtises.

Elle aurait pu lui dire exactement la même chose... mot pour mot. Dans sa poitrine de jeune femme, son cœur tambourinait tout ce qu'il y avait de vie et de passion. Avec une joie immense qui lui serrait la gorge et qui bloquait sa respiration, la Bête découvrait que son Hans et elle, se trouvaient investis d'une armure tellement similaire, trop dure et trop lourde pour leurs épaules. Et que de surcroît, sous cette carapace d'acier, à y regarder de près, ils étaient l'un et l'autre tellement pareils.

Hans continuait, il avait le regard dans le vide alors qu'elle n'avait d'yeux que pour son visage et pour ses lèvres qui bougeaient quand il lui parlait ; elle buvait ses paroles :

— Oui je vous ai vue et je peux vous dire qu'à mes yeux, vous êtes la plus belle des créations de l'univers, et que oui, c'est bien de tout mon cœur et aussi de toute mon âme que je vous aime.

Il inclina une nouvelle fois la tête vers elle :

— C'est pour ça que je veux être avec vous, même en enfer... et que je serai toujours avec vous... si vous le voulez bien !

De longues secondes passèrent. Dans le silence, pour une fois si léger, on pouvait entendre la danse des insectes virevoltants dans le ciel, le bruissement des herbes sous la brise...

De longues secondes...

Puis, elle bondit sur lui !

Certes, pas pour le dévorer...

Quoique !

* * *

Depuis la route, au bas de la colline, Satan et le colonel Roberts se trouvaient en grande conversation alors que, depuis la montagne, un dense bourrelet de poussière glissait sur les coteaux les plus bas, inondant les vallées, pour lentement remonter les pentes et venir mourir à leurs pieds ; un dense mur blanc comme le front pétrifié d'une avalanche de neige qui n'osait pas s'approcher.

— Laissons-leur un peu de temps ! disait au colonel un Diable plutôt guilleret qui avait encore les yeux levés vers les deux jeunes gens.

— Quelle erreur ! soupirait le colonel après avoir, par pudeur détourné son regard du haut de la colline,

100

quelle erreur de nos chefs d'avoir cru un instant qu'ils pouvaient s'approprier votre Bête !

— Que voulez-vous dire ? demandait Satan qui semblait vouloir se laisser absorber par la brume montante.

— Mais voyons, personne n'est en droit de se l'approprier, et encore moins en capacité de le faire, non ?

— Mais bien sûr que si, colonel ! répondait le Diable qui jouait avec le brouillard de cendres.

— Pardon ?...

Satan soupira un moment en regardant le colonel dans les yeux, mais il se résolut à déclarer :

— Colonel Roberts, ce que vous appelez "propriété", c'est moi, et c'est d'ailleurs un de mes nombreux noms : *Propriété* ou encore *Possession, Avoir*.... Celui qui s'approprie une créature ou une création, agit en mon nom parce que JE suis la Possession, et que son acte ne fait que m'appeler.

— Voyons, c'est contraire à tout ce que...

— "Tout" a été donné, colonel, vous l'oubliez ! « *Data res data est*[1] *!* »

— Donnée ? mais c'est là tout le problème du monde monsieur, donnée à qui ?...

Le Diable n'était plus qu'une ombre étrange dans un voile de fumés et de poussières tellement fines qu'elles avaient l'apparence d'une brume d'automne.

— Cher ami, votre question est le premier de vos péchés, celui de croire que le don a été fait à Adam ou à Ève en particulier, ou encore à vous, ou bien à votre

---

1. La chose donnée, est donnée

prochain ; de croire que le don peut se ramener à l'un, en particulier, alors qu'il a été fait à tous, à toute la création. Ce don, c'est aussi la Vie, et les jours où cette vie grandit, croît, se multiplie et agit pour le perpétuer. Celui qui refuse ce don, ou bien qui refuse la parenté de la chose donnée, m'appelle, moi. Il est comme le loup qui pisse sur la souche pour s'approprier son territoire, et l'odeur fétide de son urine m'appelle.

* * *

La voix de Satan se faisait cotonneuse et se refermait sur lui et le colonel.

— Je vais vous laisser là, disait-il encore, vous rentrerez avec le jeune homme quand... quand elle sera disposée à me rejoindre à son tour !

Il sembla au colonel que de la pointe de sa canne, le Diable désignait ce vieux tronc d'arbre qui culminait en haut de la colline. Mais sa silhouette se confondait presque avec le brouillard. Une dernière fois, le colonel l'appela :

— Attendez, peut-être aurai-je le privilège d'une dernière question ?

La silhouette du Diable sembla marquer un arrêt...

— Voilà, fit le colonel en se raclant la gorge, pourquoi m'avez vous épargné ? Pourquoi vous ne m'avez pas tué comme tous les autres ?

La question lui taraudait l'esprit, c'était celle de sa mort autant que de sa naissance et il n'envisageait pas une seconde de devoir rester ainsi sans réponse sur sa

raison-d'être. Mais comme Satan n'avait pas l'air de vouloir répondre, le colonel précisa en crispant ses mains
d'énervement :

— Bon sang, pourquoi m'avez-vous pris avec vous
dans la voiture ?

— Mais... parce que vous êtes monté dedans.

Chapitre VII

Épilogue

Aux enfers, le passeur n'aurait jamais transporté aucune âme sur le Styx, si la Bête ne devait pas se trouver sur l'autre rive pour l'accueillir. Ainsi, c'est dans le silence —mortel— d'une totale absence d'activité que le petit grillon attendait le retour de son amie.

De sa précédente mésaventure avec la Bête, il avait gardé de cuisants souvenirs ainsi que quelques bandages de feuilles et de brindilles : autour de ses ailes, ainsi qu'une attelle sur l'une de ses plus longues pattes. Il n'y avait pas si longtemps qu'il s'était autorisé à jeter au loin le pansement autour de sa petite tête, ainsi que sa petite canne de brindille, en contrepartie d'un léger clopinage.

Après sa chute vertigineuse du promontoire, il lui en avait fallu du temps, et beaucoup de courage, pour revenir sur son caillou, grimper sur les rochers sans pouvoir déployer ses ailes, et se hisser de marche en marche avec ses pattes en souffrance.

Et puis il s'était allongé là, et avait lentement guéri sans jamais désespérer du retour de sa Bête. Pas le retour du monstre —cette brute épaisse qui lui avait asséné ce coup magistral— mais bien celui de sa *jolie Bête*.

Mais il arriva enfin que l'air glacial et parfaitement immobile des limbes lui ramenât le bruit léger de la barque du passeur qui franchissait le Styx. Immédiatement, le grillon sut que c'était *elle* qui était de retour. Mais dans le même temps, sa joie, toute mêlée d'incertitudes, le laissait dans une hésitation délétère : comment allait être sa Bête ? douce et gentille, ou encore plus méchante qu'avant ?

Il avait beau attendre ce moment, le grillon ne savait plus quoi faire : tantôt, il s'avançait sur le bord du promontoire tout en écarquillant les yeux vers le lointain, ou bien courait se cacher dans sa faille... pour ressortir quelques instants après, et encore une fois, recommencer ce manège de l'indécision.

En définitive, c'est au plus profond de son trou qu'il se résolut de l'attendre... se réfugiant plus profondément encore dès qu'il entendit son pas approcher. Plus il la devinait remonter les marches de son rocher, plus il se recroquevillait sur lui-même.

Mais soudainement, c'est une petite voix qui lui parvint, presque entièrement étouffée par tout le sable qu'il avait accumulé sur ses arrières :

— Grillon ?...

Il sortit la tête de ses pattes, tendit l'oreille, et la voix reprit :

— Grillon, tu es là ?

C'était elle.

* * *

Lorsqu'enfin, il sortit de sa cachette, s'ébrouant un long moment pour faire tomber la poussière de sa cuticule, et quand il leva les yeux, il se trouvait nez à nez avec sa Bête !

Il sursauta... Elle s'était allongée sur le ventre, à même le granit lisse et luisant, ses mains croisées sous son menton, et elle le regardait avec un sourire.

Les yeux du petit grillon s'ouvrirent comme des perles de lumière, sa poitrine se gonfla, et... et il croisa deux paires de pattes et tourna le dos en relevant le menton !

— Excuse-moi, dit-elle doucement.

« *Pis quoi encore ?* » aurait-il pu dire alors qu'il soulevait sa patte bandée.

Elle avança un index pour le caresser, mais il fit un écart. Elle dit alors :

— Je regrette, tu sais.

Mais lui, gardait le dos tourné et le menton au ciel. Cependant, elle poursuivait, d'une voix encore plus douce :

— Tu es encore en colère contre moi ?

Il toussota, en éjectant de son corps des petits paquets de pruine, inspira profondément avec une

107

expression de douleur dans les yeux, tout en posant une patte tremblante sur son thorax quinteux... et une autre —tant qu'on y est— sur sa tête migraineuse.

— Mon Hans, il dit qu'il ne faut pas céder à la colère. Il dit qu'on y perd notre liberté, toi et moi... Comme moi, j'ai perdu la mienne.

Le petit grillon se retourna en hochant la tête et en plissant les yeux.

— Tu vois, continua-t-elle en venant caresser le collier à son cou. J'avais une servitude, j'ai voulu m'en débarrasser et je n'ai fait qu'en gagner une nouvelle : celle de ma colère et de ma haine devant la souffrance de ces enfants. C'était une erreur. J'ai voulu m'en libérer par la violence, et c'est la violence m'a rendue encore plus esclave. Et j'ai fait beaucoup de mal, beaucoup de mal à mon Hans aussi... Ainsi qu'à toi, mon petit ami.

Elle était triste, il était triste. Elle avait relevé les yeux vers lui, il avait baissé les siens, croisé ses pattes dans son dos, et de sa patte valide, faisait des petits ronds sur le sol.

— Mais tu sais quoi ? demanda-t-elle enfin.

Il tendit sa tête en avant.

— Il m'a juré par-dessus tout, qu'il m'aimait.

Et puis la Bête se releva doucement, se redressa et marcha vers le bord du promontoire ; elle regarda haut vers le ciel en respirant à pleins poumons et en écartant les bras, comme si l'air qui entrait en elle lui offrait d'apaiser les quelques braises qui couvaient encore en elle.

— Tu te rends compte, mon petit grillon, il y a
quelque part, un homme qui m'aime... qui m'aime
comme je suis.